カット・イン／カット・アウト

Cut in / Cut out

松井玲奈
Rena Matsui

集英社

Contents

第一話　私は誰のために　5
第二話　僕は何のために　41
第三話　みんなのために　71
第四話　あなたのために　107
第五話　オーバーラン　143
最終話　カット・イン／カット・アウト　179

装画
鈴木弥栄子
〈Dance on the Mirror（Behind the scenes）〉

装丁
岡本歌織
（next door design）

カット・イン／カット・アウト

第一話

私は誰のために

保冷バッグの中から、おにぎりを取り出していく。ひ、ふ、み、よ、と胸の中で数えながら緩んだラップを握って直した。

「マル子《こ》さんのおにぎりだ」

「さとちゃんのリクエストだから、たくさん握ってきちゃった」

ラップに包まれたおにぎりをヒョイッとつまみあげた彼女は、待ちきれないと言わんばかりに握り直したばかりのラップを剝がし、大きな口でぱくついた。

「んー！」

感嘆の声を漏らしながら顔中の筋肉を総動員して笑みを浮かべる彼女を見て、私は胸を撫《な》で下ろした。

「いや、ほんっと美味《おい》しいです。よ！　マル子さん、日本一！」

「マル子さんの作ってくれるあのおにぎりがまた食べたいな」

話の流れでぽつりと呟《つぶや》かれた一言に私の思考は縛り付けられた。本当に食べたいと思うリクエストなのか、ただ私に気を遣って口から出たのか、言葉の真意を深く読み取ろうとしてしまう。

けれど、頭から離れないさとちゃんからの「あのおにぎりがまた食べたい」という言葉に取り憑《つ》かれるように、私は台所でひたすらおにぎりを握ったのだ。

炊き立てのゆげ立つ米に、めんつゆをふた回しと少量のごま油、レンジで加熱した躍る鰹節《かつおぶし》を手で粉状に砕き混ぜ合わせる。天かすと青のりをざっと流し込み、米全体が薄茶に染まれば完成だ。ひとつひとつラップの上にのせて三角に握っていく。その間も米の温かさをラップごしに感じながら「本当に作ってよかったのだろうか」という疑問は消えないままだった。


「こっちにおいでよー」

さとちゃんに呼ばれて稽古場の自席に小さく座る少女が少しだけ目を輝かせ、こちらを見た。

「マル子さんのおにぎり本当に美味しいんだから！　早く取らないとなくなっちゃうよ」

本人はひそひそ話をしているつもりの声量なのだが、舞台人である私たちの声はひそめたつもりでもどうしてもよく通る。

「いただきます」と、少女の細い腕がおにぎりに伸びた。アイドルグループに所属している彼女は今回が初舞台なのだそう。

稽古が始まって二週間。彼女はまだ誰とも打ち解けることなく、自分の出番以外は稽古場の隅にある長机の席に小さく収まっている。世話焼きのさとちゃんが声をかけ続けわずかに打ち解けてきた感じはあるが、彼女はずっと台本を見つめている。姿勢良くしゃんとした佇《たたず》まいは美しいが、まるで獲物を放すまいと齧《かじ》り付くような必死さが、眼差《まなざ》しの強さに表れている。

少女は、私がくしゃっと包んだラップを丁寧に剝がし、小さな口をほんの少しだけ開いておにぎりを食べた。じっくりと咀嚼《そしやく》したあとに小さく「美味しい」と呟くと、ひとくち、ふたくちと、続けて頰張り始めた。さとちゃんは満足げに、

「マル子さんのおにぎりは最高なんだから。私もこの天かすおにぎり大好き！　バレないうちにもう一個貰《もら》っちゃおー」

と、彼女とは比べ物にならない大きな口でおにぎりをぱくついた。もぐもぐと咀嚼する度、さとちゃんの頭の上に結いあげられたお団子髪がゆらゆらと揺れている。さとちゃんは四十代だが、元気のよさは二十歳の彼女より優っている。

「おはよう」

演出家の野上《のがみ》さんが稽古場に入ってくると、少女の体にグッと力が入った。私たちは口々におはようございますと、野上さんに向かって挨拶をする。芸能の世界では、その日会った人にはまず「おはようございます」と挨拶をする習慣がある。理由を聞かれてもそういうものだと教えられただけだからわからない。今みたいに正午を回っていても誰もが何も考えず「おはようございます」と口にする。

わらわらと稽古場の中心に集まってくる役者たちを気にすることなく、野上さんは自分の席に台本を広げていた。スタッフがいそいそと水筒を持ってきて手渡す光景もいつも通り。緑の水筒には緑茶が、白の水筒にはコーヒーが入っている。私たち売れない役者は自分で煮出したお茶を持ってくるが、売れっ子演出家にもなれば何も言わずとも水筒に入った飲み物が提供される。そ

れも含めて、野上さんのこれまでの仕事が認められたということだろう。

「野上さん、おはようございます」

肩が上がった状態のまま、少女は野上さんの前に行き上半身を九十度に曲げた。彼は小さく笑うと、

「もも、毎日そんなきちんと挨拶しなくても大丈夫だぞ」

「いや、でも……」

「大人の役者として、みんなと同じように普通にしてろ」

ももと呼ばれた少女は国民的子役だった中野《なかの》ももちゃんである。今は『スピンズ』というアイドルグループで活躍しているらしいが、私はそのグループをよく知らない。さとちゃんに話すと、信じられないという顔をされたが、バラエティ番組や、音楽番組を見ないのだから仕方がない。

私たちはももちゃんをすぐ「子役だった女の子」として子供扱いしてしまうが、野上さんの言うように、彼女はもうあの頃とは違う大人の女性なのかもしれない。


「今日は一幕三場を中心に稽古します」

野上さんの隣に座る演出助手の田中《たなか》くんが、誰よりも大きな声でハキハキと喋《しゃべ》る。にこりとしたときに笑い皺《じわ》がわずかに浮かぶハリ艶《つや》の良い肌。実はもうすぐ五十歳を迎えるらしいが、彼の肌を見ていると萎《しぼ》んでいる自分の肌が酷《ひど》く年老いて感じられる。歳《とし》が二つだけ上の私の肌はシワやシミに覆われ、乾燥して毛穴も開いている。若いときはまだ円形だった毛穴も今や重力に負け、

楕円状にたるんで目も当てられない。自分がおばさんである現実を突きつけられ、毎日挨拶を交わす度にその綺麗《きれい》な肌はどうやって保っているのか田中くんに教えてもらいたくなる。

芝居稽古が今日も始まった。野上さんが座付き演出家を務める『劇団潮祭《しおさい》』。今度の冬公演は『ルパン三世』をイメージしつつも舞台を江戸時代に移し替えた盗賊チャンバラ劇『互情門《ごじょうもん》の宴《うたげ》』である。

主演の松山康二《まつやまこうじ》さんは腕の立つ盗賊・千石《せんごく》役で、今回のヒロインである中野ももちゃんは、千石が狙うお宝のあるお屋敷のひとり娘・千夏《ちなつ》役。私はというと、千夏の住むお屋敷に勤める女中②という役どころだ。稽古でも、本番中でも、女中①のさとちゃんの横で言葉数少なく千夏を見守るのが役割である。

役名のないアンサンブルも合わせた二十五名の役者たちが、自分の出番を待ちながら稽古場の隅で待機している。

「あの、ちょっといいかしら」

ももちゃんが舞台の真ん中で人を呼んだら私の出番だ。それまでは隅で息をひそめメインキャストたちの芝居を眺めている。テープで囲われた本番の舞台を想定したエリアに上がっても、自分の台詞《せりふ》のとき以外は舞台の背景の一部になるよう心がける。メインキャストを引き立たせることが私たち脇役の仕事だ。

本番まであと三週間。

稽古が終わり、荷物がぎゅうぎゅうに詰まったかばんを抱えて帰宅した。真っ暗な部屋に明かりをつけると、がらんとした空間が広がる。

狭いけれどひとりで暮らすにはなんの不足もない築三十年を過ぎた六畳一間。十年も住んだこの部屋では、目をつぶったって生活ができるだろう。二口《ふたくち》のガスコンロと、鍋をひとつ置けばいっぱいになってしまう流し。まな板で野菜を切る場所も満足に確保できない。冷蔵庫はビジネスホテルにあるような正方形の小さなものがひとつ。冷凍をしないと割り切ればものを傷ませることはない。冷やす、保存するという目的が果たせるこの冷蔵庫で十分事足りる。自分が食べ切れるだけの食料を買うことが身についた今では、大きな冷蔵庫など必要ないとさえ思える。

縦型の洗濯機は轟音《ごうおん》を立てて回るから、近所迷惑にならないように時間帯を考えて洗濯をしなければならない。ベランダ干しができないので、狭い部屋の中には下着や稽古着にしている過去に出演した公演Tシャツが吊《つ》るされたままだ。

折り畳み式のローテーブルの前に腰を下ろす。全身の緊張が一気に抜け落ちそのまま床に寝そべりたくなるけれど、ここで横になればそのまま寝てしまうだろう。むくりと起き上がり、テーブルの上のタオルの上にちょこんと丸まる「かめちゃん」に「お母さん今日も頑張ったよー」と声をかける。かめちゃんは丸まったまま、茶色の体からちくちくしたトゲを外に突き出しているだけで反応はない。私はいつも糸のほつれたタオルの上でじっとしているかめちゃんに話しかけ、眺めるだけだ。それだけでも何かと生活している気持ちになれて心がほぐれる。時折、相手役代わりにかめちゃんに向かって台詞を投げかける。どんなに疲れていても今日の稽古をきちんと復習し、完璧に体に入れるまでは眠れない。

舞台の稽古が始まれば、日々の予定が決まってくる。朝は六時に目を覚まし、吊るされたTシャツをハンガーから外し着替えていく。緩みきった下半身をウエストがゴムになっているパンツに収め、六時半に始まるNHKラジオ体操をしながら体を温めていく。稽古中に小腹が空いてもいいように簡単につまめるおにぎりを自分用に握り、一緒に朝ご飯も済ませる。それが終われば出かけるまでにこれまでの稽古を改めて復習し台本を確認する。どんなに覚えていようが台本を頭から読み直し、他の役の動きを頭の中でイメージして全員の台詞をきちんと入れておく。そうすることで稽古場で他の役者の動きが把握しやすくなり、自分の芝居の視野が広がり新たなアイディアが浮かんでくる。それから、その日の稽古の予習をする。稽古場の一駅前で電車を降り、ウォーミングアップがてら歩いていくことにしている。

稽古場につけばストレッチをしながら自然と頭の中で台本を頭から暗唱する。開脚をし体側《たいそく》を伸ばす度、自分の腹の肉が邪魔でしょうがないと意識が削《そ》がれるのもルーティーンの一つだ。痩せたくても、歳を重ねた分、痩せるのにも時間がかかってしょうがない。改めて全員で準備運動をしてから、ようやく稽古が始まる。

八時間の稽古を終えて帰宅したら、晩ご飯の準備をして稽古の復習。ゆっくりする時間はわずかで、風呂のお湯を溜めている間に録画したドラマを見たり、かめちゃんにその日あったことを話して聞かせたりしてすごしている。布団に入る前にもう一度翌日の稽古予定の部分に目を通し、十一時までに就寝する。これをただひたすら繰り返す。稽古期間中の生活の軸は台本と共にあり、片時も台本を離さず常にそばに置いておく。役のことでも、作品のことでも、発見や気になることがあればすぐにメモをしておけるようにペンもセットにして枕元に置き、私はその日の稽古を反芻《はんすう》しながら布団に体を預ける。

本番まであと二週間を切った。まだ時間があるように感じても、通し稽古が始まればあっという間に劇場入りの日がやってくるだろう。このくらいの時期になると稽古場まで歩く道に体が馴《な》染《じ》んでくる。歩くリズムに合わせ、歌のように台詞が気持ちよく浮かんでは流れていく。

騒がしい新宿《しんじゅく》の片隅にある稽古場はいつも熱気に満ち溢《あふ》れている。今回の演出を手がける野上さんは、私が新人の頃から何度もお世話になっている演出家である。潮祭が小劇場を中心に公演を行っていた当時から新進気鋭と言われ、今では新国立劇場の中劇場で四十公演を満員御礼にし、さらに追加公演までしてしまうほどの人気劇団に育て上げた人物だ。

とにかく演出が細かく、自分のイメージと違う芝居には即座に直しが入る。繰り返し同じ台詞を役者に反復させ理想とする音になるまで徹底的に稽古をつける。普段は気さくでいい人だが、ターゲットになった人はもう大変。野上さんの集中攻撃に参ってしまった若手を私は何人も見てきた。どうやら今回の標的はももちゃんで、今日も延々と同じ場面を念入りに稽古している。千本ノックとはこのことかと、稽古場で汗を垂らしながら食らいつく彼女を見て思う。

ももちゃんは次々と変更されていく芝居の動きを覚えるのに必死になり、頭から湯気が出そうなど追い詰められていた。稽古中の野上さんの視線や、呼吸に意識が行き過ぎて、どんどん芝居が臆病になっていくのが見ていて居《い》た堪《たま》れないほどだ。自信のなさは声に表れやすい。どんどん彼女の声が細くなり、それでも無理をして出そうとするからか、声が嗄《か》れ始めている。

「ももちゃん、大丈夫？」

さとちゃんが稽古場で心配をしても、彼女は「自分が未熟だからダメなんです」と台本を片手に得意のダンスの振り付けを覚えるように舞台エリアで動きを繰り返していく。

「一番から、上手の四番、そのあとは右に抜けながら下手の椅子に座る」

口の中で呪文を唱えるようにして台本にかじりついても、彼女は稽古になるとぴたりと動きや台詞が止まってしまう。謝る度、野上さんから「何をしてても台詞を話せないと意味がない。動きなんてすぐ変わるんだから！」と檄《げき》が飛び、ただでさえ小さい彼女の体はもう一回り小さくなる。

「事務所にパワハラって言われないかねぇ」

野上さんの激情っぷりを見ながら、劇団員の梅元《うめもと》さんが呟いた。さとちゃんはあっけらかんとして、

「でも野上さんってももちゃんのことが好きだから、ああやって演出つけるんじゃないですか？本当にダメな子は台詞ガンガン削って喋らせないようにするし。ほら、いつだったかの客演の若手俳優の子、三番手だったのに喋らないキャラクターにされちゃったことありましたよね」

「あったねえ。ただ、あのままじゃつぶれちゃうよ。俺だったらもう逃げてる」

「私も、ささーっと姿消しちゃう。ももちゃんの役が重要だからこそ、野上さんも気合入ってるのかな。この間も冒頭の長台詞を何時間も繰り返し稽古させられてて、流石《さすが》にかわいそうだったし」

「私は裕福な暮らしをしているとお思いでしょう、って部分？」

「そうです。え、マル子さん覚えてるの？」

「ほら、何回も稽古してるうちにね。それに一番最初の台詞なんだから耳に残るでしょ？」

「いやあ、さすがマル子さんだな。私なんか自分の台詞でいっぱいいっぱいですよ」

確かにさとちゃんはまだ台詞が完璧に入っていない。稽古の途中、野上さんが彼女の動きや台詞をどんどん変えるからだ。彼女は言われたことを忠実に体現するために休憩時間も一人稽古をしているが、翌日もう一度同じ場面を繰り返すと「違うって言ってるだろ！」と野上さんの檄が飛ぶ。それでも彼女は「昨日と言ってること違うじゃないですかー」とヘラヘラ笑ってみせる。野上さんの演出に慣れている劇団員や、私はいい。けれど、今ターゲットにされているももちゃんはどう感じて稽古場にいるのだろう。彼の言葉で自信を無くしていなければいいが。

「彼女のメンタルと喉が心配ですよね」

私の言葉に二人も大きく頷《うなず》いた。

「マル子さんもよくうちの劇団に客演で来てくれるじゃないですか。私が劇団に入る前とか、ターゲットになったことあるんですか？」

「さとが劇団員なのに、なんでマル子は客演なのかね」

「本当に！　マル子さんがうちに入ってくれたら、いつでも美味しいご飯が食べられるから、劇団員になってくれたらいいのになあ」

そう言ってヘラヘラ笑うさとちゃんの笑顔を見て、何かに属していることは人に余裕を与えるのだなと思った。私も、ももちゃんも、所詮お客様なのである。今回が最後かもしれないし、もう一度仕事で呼んでもらえるかもしれない。どの作品もそうだが、今の作品から次につながるようにアプローチをしていかなければそのまま燻《くすぶ》って終わっていくだけだ。趣味で芝居を続けるならいいが、私は周りに反発するようにして、板の上に立つことで食べていく人生を選んだ。そのためには必死でここから降りないようにしなければならないのだ。

ありがたいことに今は小さな芸能事務所に拾ってもらえた。完全にフリーの立場でさまざまな劇団を客演として渡り歩いた頃よりは多少生活に安定感も出てきている。けれど、次の作品が必ずあるわけではない。いつも危機感と隣り合わせである。潮祭のみんなのようにチームに属しているという感覚が持てないでいる。現場にマネージャーが来ることは滅多にないし、顔を合わせるのは年に数えるほど。仕事のやりとりはメールで済んでしまうし、自力で営業をして人脈を作っていたときより孤独感が増している。属しているのにどこにも自分がいない、そんな感覚がずっと続いている。

それにしても、ここ数日のももちゃんの憔悴《しょうすい》加減は、目も当てられないほどだった。さとちゃんが言うように、キャスト全員の前で、冒頭の一人の長台詞を何時間も稽古させられていた。焦れば焦るほど彼女の芝居は崩れていき、その度に野上さんの檄が飛ぶ。迫《せ》り上がってきた涙をこぼすまいと必死に堪《こら》えながら台詞を口にする彼女を見ていると、心が痛くてしょうがなかった。あのままでは萎縮してできるものもできなくなってしまう。どうしたら彼女の芝居は自由になれるのだろうか。

稽古の合間、ももちゃんに声をかけた。彼女はまた一人自分の席に座り干し芋を小さな口で食《は》んでいた。ぎらついた目はしっかりと台本を捉え、チラリと見えた彼女の台本は赤ペンの文字と、付箋でいっぱいになっている。

「今日、終わってから時間あるかしら」

干し芋を咥《くわ》えたままの彼女の目が私を捉えると、鋭かった視線は一変し、瞳の中にきらりとしたものが光る。どんなに疲弊していても目に輝きを持つ子だからこそアイドルになったのかと腑《ふ》に落ちた。ぎらついた印象があるのに面と向かうと彼女はふと所在なさげな表情を見せるのだ。計算なのかはわからないが、弱った姿は助けてあげたい、見守りたいという気持ちにさせる。だからこそ彼女は多くの人から支持されているのだろうか。

「何かありましたか？」

「お茶でもと思って」

「あー、ちょっとマネージャーさんに聞いてみます」

ピンク色のカバーのついたスマホを手にすると、テンポよく文字を打ち込んでいく。

「もも！」

演出席から野上さんが彼女を呼んだ。飛び上がるように席を立ち、台本を引っ摑《つか》んで彼女は野上さんの元へ走っていく。横顔は、わずかに微笑《ほほえ》んでいるように見えた。

稽古が終わり、いつものルーティーンとは違う行動を自らとっている。珍しい行動に私自身も驚きながら稽古場近くの中華料理屋でももちゃんと向かい合って座っていた。

何が食べたいかと聞くと彼女は餃子《ギョーザ》がいいですと言った。軽くお茶をするつもりだったのだが、まあ晩御飯も一緒に済ませてしまえと、野上さんたちとよく来るこの店を選んだのだ。油っぽい香りが漂う店内の壁には、油染みで変色したメニューが貼り出され、店の壁に歴史の長さを刻んでいる。べったりとした紙は空調の風で鈍く揺れる。もっと今時の子が喜ぶ洒落《しゃれ》た店を選ぶべきだっただろうか。

出された餃子とチャーハンを頬張りながら彼女の頬は赤く上気していった。私は天津飯《テンシンはん》を食べながら、そういえばこの甘酸っぱい味は好きではなかったと思い出す。ぼんやりしながら料理を選ぶものではない。

「稽古には慣れてきたかしら?」

「……毎日みんなの足を引っ張ってしまって、申し訳ない気持ちです」

「初めてなんだから。わからないことも多いでしょ。みんなももちゃんがのびのびお芝居できればいいなと思ってるし。あなたの素敵なところはわからないことをきちんと人に聞けることだと私は思うな」

ももちゃんは透明のプラスチックコップに注がれた水を飲み干した。

「マル子さんはどうやって台詞と動きを覚えてるんですか？　子役の時はもっと自由にできたのに、今はすぐ頭と体が固まってしまうんです」

彼女の眼差しがあまりにも強く思わず目を逸《そ》らし、食べたくもない天津飯の山をれんげで崩す。

「ももちゃんがどうやって歌とダンスをあんなに覚えてるか、私も教えて欲しいくらい」

「それは……音は覚えられるんです。ダンスもたくさん練習するから、やっているうちにパターンがわかってきて覚えるのが早くなっただけで。皆さんみたいに普通に話しているように自然なお芝居ができたらと思うんですけど、頭の中は次にどうしなきゃいけないかってことでいっぱいで」

「歌ってるときは、次に何をするかを考えてるの？」

彼女は首を横に振った。もういらなくなった崩れた天津飯を少しだけテーブルの奥に押しやりながら私は続ける。口の中には天津飯の嫌な甘酸っぱさがとどまっている。

「何をするにも体に馴染ませる。それしかないのかも。私も踊れ！　って言われたら頭が真っ白になると思うな。だってやったことがないから」

何か必勝法があると思っていたのだろう、彼女のギラリとした目が伏せられた。憂いを帯びた表情さえ映画のワンシーンのようで、ここは中華料理屋だというのに頭の中でゆったりとしたクラシック音楽の伴奏が聞こえてきそうだ。

彼女は頑張っている。毎日必死に食らいつき、いつだって期待に応えられるよう臨戦態勢だ。でも、力が伴っていない。できていないものはできていないのだ。泳ぎ方も知らないのに海に放り込まれたら、誰だって手足をばたつかせてなんとか溺《おぼ》れないようにするので精一杯だろう。稀《まれ》に、泳ぎ方を知らなくとも、本能的に浮くことを理解し上手《うま》く泳ぎにつなげられる天才もいるが、彼女はそのタイプではない。とても賢く、ロジカルに物事を捉えている。

昔から変わらない、頑張りや成長過程を大切にする日本のアイドルの世界とは違い、芝居の世界は結果主義に近い。何が起きても幕が下りるまでは役として客前で演じ続けなければいけない残酷な世界なのだ。

「ももの代役できるやつはいないの？」

ももちゃんが体調を崩して稽古を休んだ。

野上さんが稽古始まりに役者を見回す。役付きのメインキャストは首を横に振り、アンサンブルキャストを横目に見る。皆、気まずそうに俯《うつむ》くばかりで稽古場が静まりかえった。

「マル子」

全員の視線が私に注がれた。野上さんが次の言葉を口にするための呼吸の音さえクリアに聞こえ、私は告げられるであろう言葉を予期し、口を真一文字に結んだ。

「できるよね」

たるんだ毛穴の隅々が縮こまるような居心地の悪さを感じた。私は五十二歳のおばさんだ。ももちゃんのようにスタイルがいいわけでもない。日々、だらしのない体を抱えて生きているというのに、ももちゃんの代役を務めるなど周りはどう感じるだろうか。

「……台本持って他の人でもいいんじゃ」

「それだと松山くんの稽古にならないから」

野上さんの視線を追うと、主役の松山さんと目が合った。グレーのヘアバンドで前髪を上げたスタイルの彼がこちらを窺《うかが》うように小さく会釈した。

刑事ドラマの主役を務めたことで一躍人気者になった彼は、もとは小劇場出身のベテラン俳優だ。私は今回が初共演だが、人当たりもよく、笑うと細く潰れる目が親しみやすい印象を与えてくれる。しかし、芝居となると役が憑依《ひょうい》したようにさまざまな表情を見せ、ドラマをきっかけに興味を持ち彼の出演する舞台を観に来た女性たちを、たちまち観劇の沼に引きずりこんでいると聞く。

私自身も実際に彼の出演する芝居を観に行ったことがあるが、あまりの自然な演技に驚いた。彼の芝居には現実と虚構の境界線がない。その芝居は三兄弟の人間模様を描いた作品だったが、観客の熱量がとにかく高く、今日の松山さんはどんなものを見せてくれるのかと、今にも割れんばかりに期待に膨らんだ風船がそこかしこで浮かんでいるようだった。

そして舞台のクライマックス。主人公の彼は借金返済のため、大切な兄弟二人を自らの知らぬところで死に追いやっていたことを知るのである。舞台の床に這いつくばり、泣き喚《わめ》きながら自分の犯してしまった罪の大きさに押しつぶされ、どうにもならぬ悲しみで自身の体を殴り倒し、力尽きたところで幕は下りた。

一言で言えば後味の悪い舞台だ。人は死に、主人公は精神的に崩壊する救いのない作品。けれど、彼の圧倒的演技力は、あの役が口にする言葉の説得力に表れている。役の人生を実際に彼が生きてきたのではと感じさせるほどである。まるで鍵穴から他人の部屋を覗《のぞ》き見しているような感覚。観る側の視野を圧倒的に狭くさせる演技力は、イコール観客を引き込む力になり会場の緊迫感も凄《すさ》まじかった。呼吸の音を立てるのさえ申し訳ないほど、観客は息を殺し舞台上で繰り広げられる芝居に見入っていた。

幕が下りれば解き放たれたかのように割れんばかりの拍手が鳴り響き、さきほどまでの静寂は一気にかき消される。重苦しい話であるにもかかわらず、観客の表情は非常に晴れやかなのだ。私も同じように解放された気持ちで自然とステージに向かって腕を前に突き出し、会場全員がスタンディングオベーションで舞台に向かって賞賛の拍手を送っていた。

そうして舞台がもう一度明るくなると、役を落とした素の表情の彼が登場する。拍手はより一層大きくなり、松山さんの細い目が糸のように横にひかれ満面の笑みを浮かべていた。

しかし、その笑顔すらも世間が求める「松山康二」という役をまとっているように感じられた。

「ラストシーンの涙の熱演が素晴らしかったです」

稽古が始まり、出演していた作品を観に行ったと直接感想を伝えると、

「嬉しいなあ。フィクションで起こる他人の不幸とか、暴力って人の心を動かすじゃないですか。あれはそういう作品でしたから。エンタメの世界では暴力も人を喜ばすコンテンツになってしまう。怖いですよね」

と笑って言ってのけ、余計に彼の底知れなさが際立ったのと同時に、自分の思慮の浅さを思い

知った。

　その彼と私が、今こうして、真っ向から台詞を交わしている。彼の芝居は吹き荒れる台風のようで、巻き起こされる風に乗ればこちらの芝居も自然と熱量が上がっていく。底知れないと感じていた彼の本質はわからないままだが、第一線を駆け抜ける俳優と向かい合って芝居ができる時間が永遠に続けばいいのにと考えながら、この上ない幸せを感じていた。


　稽古場での熱がまだ体に残っている。

　帰り際、松山さんは「マル子さん、お疲れさま」と私の肩を叩いてくれた。誰かに認められた気がして気分が高揚したが、家に帰れば結局何者でもない私になる。

「かめちゃん、お母さん今日久しぶりに褒めてもらったんだよ」

　反応はないが、テーブルの上のタオルの上で丸まってくれているだけでいい。

　芽の出たさつまいもの皮を剥いて茹《ゆ》でる。柔らかく煮えればそれを軽くマッシュし、茹でたブロッコリーと共にマヨネーズで和《あ》える。買っておいた鶏肉と大根をレンジで軽く加熱して、めんつゆと一緒に鍋で煮込んだ。冷蔵したご飯を温め茶碗によそい、煮たひじきを真っ白な米の上にちょこんとのせる。作っておいた味噌玉にお湯をそそぐ。わかめと乾燥ネギの味噌汁にとろろ昆布を浮かべれば今晩の食卓の完成だ。

　一人暮らしも長くなると調理の段取りがよくなってくる。そういえば、さとちゃんがまた何か持ってきて欲しいと言っていた。美味しくできたさつまいもとブロッコリーのサラダ、まだボウルに余っているから明日タッパーに入れて持っていこう。一緒におにぎりを握ればみんなが喜んでくれるだろうか。

テレビを点《つ》ければドラマが始まっていた。肌に艶のある女優さんが涙を流し、母親役の女優さんに向かって何かを強く抗議している場面が流れていた。どちらの方の名前もフルネームで言うことができる。舞台の世界にいる私が、テレビカメラの前に立つなんて、夢のまた夢だろう。

食事を終えてから、今日の稽古での変更点をももちゃんが復帰したときに伝えなければと、ノートにわかりやすくまとめておく。体調不良と言っていたが、気持ちが折れてしまっていないか心配だ。

ももちゃんが演じる千夏の台詞を追えば追うほど、彼女が担う台詞があまりにも膨大であることがわかる。千夏という役はお飾りのヒロインではなく、自分の意思を持った気高い女性だ。どの場面でも彼女の言葉で人々が心動かされ物語が進んでいくが故に、野上さんは台詞ひとつひとつに神経質になり、稽古を重ねているのだろう。舞台上の千夏のあり方で、作品の良《よ》し悪《あ》しが決まってしまうほど、この役は物語の要《かなめ》なのである。

若い頃は、たくさんの台詞を任せられることに憧れを感じていた。舞台の真ん中に立ち、誰よりもスポットライトを浴びて朗々と芝居をする。そしてカーテンコールの拍手喝采の中でお辞儀をするのだ。顔を上げれば一面スタンディングオベーション。ありがとうございますと口にすれば拍手の熱が更に一段上がり、カーテンコールがいつまでも続く。そんな光景を夢に見た。現実は、若手や主役の脇を固めるための役ばかり。私のことなんて作品の中で印象に残ることもなく、いくつもの台詞のない役を掛け持ち、舞台裏を忙しく走り回ることだってある。芝居を覚えてくれている人がいても、役名を覚えてくれていればいい方だ。作品の中で何をしていた人だ、と言ったところで、大抵の人は私の名前を覚えていない。

商業演劇に出られるようになったのもここ数年のことだ。それまではヘアメイクは自分でし、衣装も自分で管理するような小さな劇団を渡り歩いていた。

初めて商業演劇のキャストとして出演しないかと声をかけられたときは、嬉しさのあまり帰り道に一人涙した。やっと自分のしてきたことが評価された、見てくれていた人はいたのだと、四十を過ぎてようやく自分のことを認められる気がした。

しかし現実は厳しい。商業演劇に出演すると小劇場時代に比べ台詞量は激減した。

小劇場ではメインキャストを張れた私も、ここではほぼアンサンブルのような扱いであり、劇中の十個にも満たない台詞を言うことに全力だった。時々いい役が巡ってくることもあるが、それだっておみくじで大吉が出るよりも稀なこと。今も小劇場時代と同じように、必ず見てくれている人がいると信じる気持ちは変わらないが、私は五十二歳のおばさんだ。これから商業演劇の世界で主役を張るチャンスが巡ってくるわけがない。誰が好き好んで高いチケット代を払ってまで、こんなおばさんが真ん中に立つ芝居を観たいというのだ。

でも、芝居が好きだからやめられない。自分ではない存在として客席の視線を感じながら演じる。舞台の歯車として機能し、より作品をリアルに感じてもらうことが私の仕事ではないだろうかと今は言い聞かせている。台詞がなくてもいくらでも芝居はできるから。

幼い頃、違う自分になりきることが好きだった。自分で演じたい人を考える。どんな性格で、どんな家族がいて、両親はどんな仕事をしているのか。家は裕福なのか、貧乏なのか。細部まで考えた人物像をノートに書きつけ、一日その人物になりきって生活するのだ。そして布団に入る前、日記をつけるようにその人物を演じて発見したことや感じたことを書きつけた。それが今に生きているのかはわからないが、未《いま》だに演じる役の人生年表を作ることが好きだったりする。物語の登場人物の人生は、私の人生なんかよりよっぽど波瀾万丈《はらんばんじょう》だから。でも母はそんな私のごっこ遊びを嫌っていた。


稽古場へ行くと、ももちゃんはすでに自分の席に座り誰かのパソコンの画面を食いいるように見ていた。昨日の変更点を伝えねばと声をかけると、彼女の眉間は深い皺を刻んでいた。

「おはよう」

「おはようございます」

「昨日のお稽古のね、変更点なんだけど……」

「どうして……」

彼女が言葉を続ける前に、野上さんが稽古場に入ってきた。彼がももちゃんに「もう大丈夫なのか」と問いかけると、彼女は一つ頷いて「ご迷惑をおかけしました」と頭を下げた。

「これね、昨日のお稽古の変更点」

まとめたノートを渡すと、パソコンの画面がチラリと見えた。どうやら昨日の稽古の映像をチエックしているようだ。

「映像があるのね。よかった。もしわからないことがあったら、遠慮なく聞いてね」

「ありがとうございます」

彼女は釈然としない顔をしてこちらを見ていた。


「さとちゃん、これ」

休憩中に保冷バッグを渡すと、彼女は飛び上がって喜んだ。大きな声は休憩室に響き、みんなの視線が一斉にこちらへ注がれる。

「静かに。隣の部屋でまだお稽古してるんだから」

「やべ。で、私のために今日は何を持ってきてくれたんですかー」

両の手を揉《も》みながら、ごまをするようにニコニコと笑っている。昨日のさつまいもとブロッコリーのサラダの入ったタッパーを出すと、すぐさま蓋を開け指でヒョイッとつまみ上げた。

「甘くて美味しいー」

彼女の声に引き寄せられ、手の空いたスタッフの何人かも私たちの周りに集まってきた。

「マル子さんのご飯ですか？」

「マル子食堂だー！　俺も一口貰ってもいい？」

「ダメに決まってんでしょ。こ、れ、は、マル子さんが私のために作ってきてくれた物なんだから一」

「いいよ、いいよ。みんなお腹空いてるだろうし、食べて。こんなこともあろうかと、おにぎりもたくさん握ってきたから」

「ラッキー」

「ありがとうございます」

「私だけのマル子食堂だと思ってたのに」

わざとらしくいじけた表情を作ってみせる彼女を微笑ましく見ていると、おにぎりを頬張った一人が、

「マル子さんこんなに料理上手いんだから、本当に店出しちゃえばいいのに」

そう言ってあっという間におにぎりを平らげる。私はただ笑って少し首をかしげることしかできなかった。

「そういえば昨日凄かったですね」

「え？」

「あれ、元から聞かされてたわけじゃないですよね」

「マル子さんは凄いんだよー」

そんなことはないと否定をしても、さとちゃんは私の肩をがっちりと掴み自分ごとのように口を開く。息をする度、おにぎりに混ぜたごま油の香りが通りすぎていく。その香りにだけ意識を向けた。

「全員分の台詞覚えてるんじゃないですか？」

「全員はちょっと」

　本当は覚えている。

「でも野上さんも信頼してマル子さんに頼んだわけじゃないですか。できるって」

「そうだといいんだけど」

　信頼されていたとしても。

「いやー、さすがマル子さんだなあ」

「本番で私が台詞忘れたとしても、絶対マル子さんがアシストしてくれるって信じてるから安心！」

　私の居場所はここにはない。

「それはちゃんと覚えてないとダメでしょ、さとちゃん」

とスタッフとさとちゃんがじゃれあっている。私もつられて笑ってみるけれど、どっと疲れだけが押し寄せてきた。


　人の台詞も、人の動きを覚えることも、周りは超人かのように持て囃《はや》すけれど、自分の出る作品なのだ、舞台上で起きていることや、台詞を把握しておくことは当然なのではないのだろうか。少なくとも私はずっとそういうものだと思ってやってきた。

　推理ものの作品に出演した時、大詰めの見せ場である謎解き部分で主演俳優が台詞を忘れたことがあった。

「決め手は紅茶に入れた毒薬」

この台詞が出てこなくなった彼は、誰かに助けを求めるように目を泳がせるけれど、誰も彼に助け舟を出すことができなかった。相手の台詞を口にすればその後の物語、自身の台詞に影響が出るかもしれない。その場にいる全員が頭の中で考えを巡らせているせいで、舞台上は完全に時を止めてしまった。

おそらく彼の頭の中で迷いが生まれてしまったのだ。

「決め手は紅茶に入れた毒薬」

なのか、

「紅茶に入れた毒薬が決め手」

なのか。些細《ささい》なことではあるが、稽古場で彼は頻繁にこの部分に引っかかっていた。言葉を音のように覚えるタイプの中には、口にした言葉の順番が違うと耳で聞く音やリズムが変わったように感じ、次の台詞がつながって出てこなくなる人がいるそうだ。彼もそのタイプのようで、口にする前に頭の中で台詞の音が迷子になっているようだった。

袖で見ていた私はもどかしくてしょうがなかった。自分なら全てを完璧に言うことができる。メイド役として参加していた私は思わずトレーに紅茶セットをのせて舞台に上がっていた。

登場するはずのないメイドが突然舞台上に現れたことで共演者が驚いているのは、彼らの視線で伝わってきた。それでも、さもこれが決まったシナリオだといわんばかりの自信を胸の前にぶら下げ、彼の前に紅茶セットをひと組置いた。

「頼まれたお紅茶をお持ちいたしました」

去り際、続く台詞を彼の耳元でささやくと、舞台上の時間が動き始めた。

「ありがとう」

そのあと、彼は紅茶をたっぷりと時間をかけて飲むふりをし、朗々と台詞を話し始めたのだ。

そのときの演出家には酷く叱られたが、主演の彼には感謝された。

「マル子ちゃんの助けがなければ僕の俳優人生は今日でぽっきり折れていたかもしれない」と。

「いいえ、みんなの作品ですから助け合いです。お役に立てて光栄です」

私みたいな華のない人間は、芝居の中で誰かの役に立つことでようやく存在する意味を持てる。

私は以前にも増して舞台の全体像を把握し、台本を必死に頭に叩き込んだ。自分の稽古がない日も稽古場で人の芝居を見ていたし、演じる相手がどうしてその芝居を選択しているのかを考えるだけでも勉強になり、家に帰って一人、人の芝居の真似事《まねごと》をした。

昔母から、芝居をしても誰の役にも立たない、もっと有意義なことをしてと言われた。けれどそれは違った。潮祭の公演に参加した二回目の時だった。その日、劇団員の一人が病気で休んでしまい、野上さんが誰か代役に入れるかと役者たちに聞くが誰も手を挙げる様子はなかった。台詞も立ち位置も、全部頭に入っている自信のあった私がスッと手を挙げると、全員の視線が集まった。中には驚きの声をあげる人もいた。私が代役で入ろうとした役は男性が演じる漁師の役だったからだ。

漁師たちが乗り込んだ船が嵐に見舞われる。右へ左へと動き回らなければならず、役者一人一人が帆を張るための綱をひいたり、舵《かじ》をとったりとセットを動かしていく動きのある場面だ。一人欠ければ稽古をすることはできない場面であったが、私は簡単な確認だけで、セットを動かすタイミングも台詞も、完璧にやってのけた。

その日の稽古終わり、野上さんに飯でも食いに行こうと誘われて梅元さんと三人で中華料理を食べに行った。

「マル子がいなかったら今日の稽古は中止だった。お前の記憶力に助けられたよ。ありがとうな」

そう野上さんに言われた時、やっぱり私が選んだ道は間違ってなかったと確信できたのだ。

あれは高校二年、進路指導のために先生と将来について話す機会があった時だ。誰にも言えずにいたが、芸術や芝居について学びたいと考えていた私は、意を決して先生に思いを打ち明けた。今ほど芸能や芸術を学ぶということに門戸が広く開かれている時代ではなかったからこそ、人生の先輩であり信頼できる先生の言葉が欲しかった。

「私はお芝居が好きで、舞台美術や、芝居について学べる場所に行きたいと考えています」

長いスカートを机の下でぎゅっと握りしめ、先生の呼吸を読んだ。重たそうに開いた口はベッタリとした言葉で私を包んだ。

「坂田《さかた》さん、それは誰の役に立つの？」

「誰の？」

「あなたは今、進学校に通っていて、ありがたいことに親御さんも大学に行くことに賛成してくれているでしょ。それなのに先の見えない芸能の道に進むなんて、ご両親に申し訳ないと思わない？」

　これは進路について話す時間ではないのだろうか。私の進路の展望について。

「確かに両親は大学に行くことに賛成をしてくれています。でも、今は私のやりたいことについて話す時間ではないんでしょうか」

　先生は大きなため息をひとつ吐《つ》き、まっさらな進学希望の紙を私に突き出した。

「これは進路指導です。あなたはいい大学に行って、いい会社に就職することがご両親に対する恩返しだと先生は思います。それに、坂田さんがいい大学に行けば、それはこの学校のためにも、後輩たちのためにもなる。誰の役にも立たない芸能の道なんて」

「役に立たないってどういうことですか？」

「……あんまりこんなことは言いたくないけど、坂田さんは特別美人ってわけでもないでしょ。賢くて真面目が取り柄の普通の子。だから、芸能の世界はあなたにはむいてないんじゃないかと思ってね」

「…………」

「だったら、あなたの偏差値を生かして、いい大学に行き、いい会社に就職をして、世の中のために役に立つ方が幸せだと思わない？　その方が親御さんも喜ぶわ」

　ね、坂田さん。

同意を求めるように手を取られた。触れられた部分から体温がスッと引いていくのがわかった。意識が遠のいていき、その後どうやって家に帰ったのか覚えてはいない。


「進路指導どうだったの？」

「お母さんは私にどうして欲しい？」

こたつの中で異様に温まった左右の足先を絡めた。テレビではコント番組が流れていて、宇宙人の格好をした芸人を見てお父さんが息を強く吐き出しながら笑っていた。

「そりゃあ、進学校に行ったんだもの、いい大学に入ってくれたら嬉しいけど」

「お父さんもそのためにちゃんと貯金してるから、何にも気にせず大学受験していいんだぞ」

ありがとうと言いながら、熱くなりすぎたこたつから足を抜いた。

結局、同級生たちと同じように大学受験をし、それなりの東京の私大に合格をした。それが誰かの役に立つのかはわからなかったが、両親も先生も喜んでくれたことでひとときはこれが正解だったと満たされた気がしていた。


「役に立たない」

はっとして顔を上げると、私は舞台の上にいた。舞台明かりの眩《まぶ》しさに目を細めながら慌てて辺りを見回せば、着物の衣装をつけた役者たちが主演である松山さんのことを見ていた。

「僕の刀が折れちゃって、これじゃあもうダメだね」

見れば彼の手に握られた小道具の刀が、真ん中でぽっきりと折れてしまっていた。ヒロインである千夏をお屋敷から連れ出す場面の稽古中に、私の意識はすっかり遠くへ飛んでしまっていたようだ。

本番まであと四日。実際の劇場に入り場当たりが始まった。ステージの上で場面をひとつひとつ追いながら役者の出入り動線を確認したり、照明や特殊効果、音響の調整をする大事な作業だ。今はアクションシーンの確認中である。

「なんで折れたの？」

同じ女中役として隣にいるさとちゃんに耳打ちをすると、

「ももちゃんが間違えて動いたみたいで、松山さんとぶつかったから。それでぽっきり」

「怪我は？」

「どっちも大丈夫だけど、マル子さん見てなかったの？」

ぎくりとしながらも、丁度照明が眩しくて目が潰れたと言い訳をすると、この劇場、照明近くて眩しいですよねえ、と彼女は頷いた。

袖から小道具のスタッフが慌てて予備の刀を持ってきて松山さんに手渡すと、彼は一、二度素振りをした後に、納得したように「ありがとう」と言った。

客席の真ん中に長机を設置し、そこで腕を組んでいた野上さんはマイクを通してむっつりとした表情でこう言った。

「大丈夫？」

「ええ、僕は。ももちゃんは怪我は？」

「ないです。すみません。お着物の裾捌《すそさば》きがうまくできなくて」

「それも含めての場当たりだから、ももは落ち着いて確認しろ」

ピシャリと言い放つ野上さんの言葉に小さくはいと返事をした彼女の瞳が揺れていた。


場当たりで一幕の最後までを確認し終え、この日の舞台稽古は終了した。まだ自分のものを並べたばかりの楽屋の鏡前。私の席の隣はさとちゃんである。女性キャストは全員同じ楽屋で、ももちゃんの席は私と背中合わせだ。今回一人部屋なのは主演の松山さんだけである。

他のキャストは早々に帰ってしまったが、私は自分が使うメイクセットを並べるためにまだ残っていた。さとちゃんはその様子を退屈そうに眺めている。

「ここのところ、野上さんちょっとだけ優しくなりましたよね」

「ももちゃんもだいぶ慣れてきたからでしょ。このままいけば本番始まってからどんどんよくなっていくんじゃないかしら」

「だといいですよね。もう本番かー。明後日《あさって》の夜はゲネプロでしょ。私嫌なんですよねーゲネプロ」

「空気がね」

「マル子さんもそう思います!?」

まあね、と返すと退館時刻が迫っている旨のアナウンスが流れた。この続きは明日早くきてやるかと帰り支度を始める。

「本番どおりの最終リハーサルだからこそこっちは全力で集中したいのに、客席にまばらに関係者が座ってるじゃないですか。しかも知ってる人がいたり、スチールカメラマンもいたりして。で、面白いシーンでもだーれも笑わないの。あの静寂の空気、その中で切られるシャッター音の虚《むな》しいこと！　……ああ！　思い出しただけで息が苦しくなるぅ！」

「特に今回のさとちゃんはコメディ担当だものね」

そうなんですよ！　とじゃれつくように腕に絡みついてくる。

「私が滑ったときは、隣で支えててくださいね。私、自分が居た堪れなくなって倒れちゃうかも」

わざとらしくふらっと倒れるふりをしてみせる彼女は、すんでのところで足を踏ん張り一人で大きく笑い声を上げげた。つられて私も笑うが、作品にとって笑いは重要である。物語の緊迫した空気をふっと緩ませ、観客の心も和ませる。それによって会場が一体になり芝居の空気もドライブしていくのだ。そんな重要な部分を多く担う彼女を、本当は羨ましく感じている。

建物は、しっかりとした地盤と骨組みがないと倒れてしまう。私はこの作品の骨組み部分として、ひっそりと作品という建物が倒れないように支えている。彼女は建物の中を縦横無尽に走り回り、いかにこの物件がいいものかを伝える語《かた》り部《べ》の一人だ。同じ女中という役を任されていても、本質的な役割が全く違う。

わかってはいる。だからこのままでいいのだ。与えられたことを、求められるように表現し、支えることが私の仕事なのだから。

劇場から出る前に着到板をひっくり返す。

「坂田まち子」

の文字が黒から、赤に変わる。

私をこの名前で呼んでくれる人は、誰もいない。


客席のざわついた声が緞帳《どんちょう》越しでもわかるほど聞こえてくる。ごくりと唾を飲み込んだ。

開演が迫っていることを知らせるベルが鳴ると、ざわめきはいっそう大きくなった。落胆する言葉の一つ一つが粒だって耳に飛び込んでくる気がする。

固まった首をほぐすためぐるりと首を回すと、カツラに挿さった豪華なかんざしがシャラリと音を立てた。ぽんっと肩を叩かれ、顔を上げると松山さんがゆっくりとひとつ頷いて口角を持ち上げた。

体に酷く力が入っていたことに気付かされ、深く息を吸って吐く。繰り返す度に自分の体が役を引き寄せている感覚がする。ゆっくりと、ゆっくりと、確実に、後少しで役が私と一体になる。

袖中《そでなか》から、さとちゃんと梅元さんがこちらに向かって手を振っていた。

まだ着慣れない着物のまま、舞台の中央でゆっくりと正座し、客席に向かってお辞儀の格好をとる。

オープニングの音楽が鳴り、緞帳が上がり始める。隙間からもれた光が伏せた頭をじっくりと照らしていった。その状態でもう一度、私は息を細くゆっくり吐いた。大丈夫。自分に与えられた役目を作品の歯車として果たせばいい。いつもと何も変わらないじゃないか。

笑みを浮かべ顔を上げれば、スポットライトが豪華な着物ごと全身を包んでいく。ああ、光があたたかい。

今全員が私を見ている。

全身が粟立《あわだ》っているのか、期待で沸騰しているのかはわからなかった。前方から押し寄せる高揚の波に飛び乗り、私は、千夏として、口を開く。

第二話

僕は何のために

二回目のベルが鳴り始めると、ロビーの方から慌てて流れてくる人が増え出した。女性たちは髪を綺麗に撫でつけてみたり、慌てながらも知り合いであろう人に挨拶をしていたりする。これから舞台が始まるという高揚感が劇場中に満ちている。おしゃべりを止めたくても、興奮する自分を制御できないのか女性たちの口は止まらない。僕と同じ、ひとりで来ているであろう男性たちは、腕を組んでじっと黙っている。

女性たちはこれから目の前に登場する贔屓《ひいき》の人を思って浮き立っているのだろう。なんと幸せなことか。

隣の人の肘がさっきから何度も僕の右腕にぶつかっている。購入したパンフレットがあまりに大きかったのか、持参したトートバッグに入らずに手こずっているようだ。ガツガツと肘が座席を越えてこちらにぶつかってくるのは気分のいいものではない。チラリと隣を見ると、四十代くらいのおばさんに睨《にら》み返された。白地のワンピースの胸元には、パイ皮の余りみたいなフリルの襟が引っ付いていて、全体を覆う小花柄《こばながら》が経文のようで恐ろしい。「耳なし芳一《ほういち》」もこんな見た目だったのかもしれないと悍《おぞ》ましくなり、なぜかこちらが「すみません」と謝りを入れてしまった。

左隣の女性はセンターブロックの五列目に座っているにもかかわらず、オペラグラスの調整をしていた。それを使って一体舞台のどこを見ようとしているのか。演劇を観に来るのが初めての僕には到底見当がつかない。

劇場とは摩訶《まか》不思議な空間であることだけがわかった。作品を受け取る観客の観劇スタイルはさまざまで、同じように、作品を見て楽しむ映画とはまるで雰囲気が違った。これが、〝生で会える〟ということなのだろうか。

会場に鳴り響く鍵盤の音数の多いクラシックがフェードアウトすると共に照明が落ち、観客が息を呑《の》むのが伝わってくる。

僕？

僕は至って平然としている。どうしてこんなに心が凪《な》いでいるのかは明白だ。

舞台前面を覆う幕がゆっくりと上がり、舞台袖から機械の駆動音が低く響いて聞こえてくる。スモークが幕の隙間から溢れ出し、差し込む照明によって人の姿がぼんやりと浮かび上がる。このまま舞台が中止にならないだろうか。幕が上がってしまえば、僕は突きつけられる現実に向き合わなければいけなくなる。

膝に置いた手を握りしめる。これから始まる不可思議な現実を受け入れる準備をしなければと思うほど肩に力が入った。何が起きるのかこの目で確かめなければ。

ひとりの女が舞台上で正座し、頭を垂れている。薄い桃色の着物に黄色の華やかな帯姿が光の中に溶け出しそうなほど淡く輝きを放ち、光に包まれた姿は神々しく、甘く芳《かぐわ》しい桃の香りが鼻を掠《かす》めた気がした。

全てを受け入れるように時間をかけゆっくりと上げたその顔は、表情筋が下がりきったおばさんだった。

僕の推し、中野ももはこの舞台を降板した。

一報が届いたのは昨日である。ＳＮＳに突如【お知らせ】とポストされた文面を読み、僕はこの現実をどう消化するべきか判断ができなかった。

「【お知らせ】一月十六日に初日を迎えます『互情門の宴』につきまして、ヒロイン『千夏』を演じます中野ももの降板が決定致しました。直前のお知らせとなり深くお詫び申し上げます。中野ももが演じる予定でした『千夏』は坂田まち子が演じることとなります。公演は予定通り開催致します。なお、出演者変更に伴うチケットの払い戻しは致しかねます。ご理解を賜りますよう、よろしくお願い申し上げます」

といった信じられない酷い知らせが届いたのだ。中野ももにやっと会えると信じていた僕の希望は、脆《もろ》くも崩れさった。残ったのは返金することのできない初日公演のチケットだけである。

僕が彼女に出会ったのは二年前、高校二年の夏。

塾の帰りに友達と必ず寄るコンビニで週刊の少年誌の表紙に、

『スピンズ念願のデビュー！　お披露目グラビアでセンセーショナルに登場』

と赤い太字が躍っていた。同じ高校に通う田無《たなし》は毎週水曜にこの少年誌を買うのがお決まりで、僕と、隣の高校に通う三島《みしま》はフローズンヨーグルトのアイスバーを買うのがお決まりだった。

駐車場の端でアイスの袋を開けると、蒸し暑さに抵抗するような清涼感に一瞬だけ包まれる。あとは溶けていくアイスを一滴もこぼさず、素早く口に運ぶ戦いである。どんどん溶けてなくなっていくアイスを、どちらが綺麗に食べ尽くせるかで盛り上がっているのをよそに、田無は車止めに腰掛けながら食い入るように少年誌の表紙を眺めていた。

「こういうのってさ、楽しいのかな」

田無がぽつりと呟いた言葉に、反応するように僕と三島は振り返った。口に咥えたアイスバーが溶けて棒を伝い手を濡らしていく。ずるりと残りを飲み込んだ三島はポケットからハンカチを取り出し、手を拭きながら田無の横に腰掛けた。濡れた口周りまで綺麗に拭くと、ハンカチをたたみポケットにしまい直す。それから、どれどれと言わんばかりに手をこすり表紙を覗き込んだ。

「楽しいって何が？」

僕が田無に聞くと、彼はこちらを少しだけ気にして、

「芸能界って楽しいのかなと思ってさ」

「売れたら金持ちになれるし、楽しいんじゃない？」

「でもさー、みんな目が笑ってなくない？」

スピンズのメンバーは八人いて、前後四人ずつに分かれてこちらを見ていた。白を基調とした衣装にはブルーのラインが何本もひかれ、どうやって被《かぶ》っているのかわからない小さな帽子が全員のこめかみ辺りにくっついている。田無は笑ってないと言うけれど、どの人も薄ピンクに染ま

ったくちびるの口角がキュッと上がっているし、白い歯が眩しく光っている。目だって、僕には十分楽しげに笑っているように見えた。

「誰が一番可愛《かわい》いと思う？」

三島が発した言葉が空気を破り去ると田無は酷く気分を害されたようで、そういうの興味ないからと一蹴し、そばに駐《と》めてあった自転車に乗って帰ってしまった。

「なんだよ。つまんないやつ」

「かな」

「俺も受験勉強なんかしないで、芸能界に入ってサクッと金持ちになりたいな」

「それはなかなか難しいんじゃないか？」

「うわ、傷ついた。俺明日から学校行けないわ」

三島はいつもこうだ。言葉とは裏腹に引き笑いをして、傷ついたと言いながら喜んでいる。よく言えばフランクな人間だが、思ったことを全部口にしてしまう部分が時々相手をイラつかせてしまう。例えば今みたいに。

俺もアイドルになれないかなと呟きながら三島が自転車に跨《また》がったので、僕も慌てて自分の自転車に跨った。二人並んで家の方に向かってペダルを漕《こ》ぎながら、話題がこの夏の暑さをどう乗り越えるかに流れていくうちにアイドルの話なんてすっかり忘れてしまっていた。

僕はいい大学に行って、父の仕事を継がなければいけない。アイドルなんかにうつつを抜かしている場合ではない、そう思っていた。

スピンズのメンバーがひとり体調不良で活動休止をするというニュースが、それから二週間後の朝に飛び込んできた。駆け出しのアイドルが活動休止をするなんて、世間からすればとるに足らないニュースだろう、と考えながら誰もいないリビングでトースターに食パンを放り込んだ。田無の言葉がなければ僕だって何も感じることがなかったと思う。

活動休止を発表したメンバーが前日に行っていたライブ配信のスクリーンショットがニュース記事で使われていた。部屋着のようなラフな格好で映っている女の子の目は、焦点が合っておらず、空洞を見つめて笑っているようだった。光の差さないその顔に田無の言葉が重なってしまった。

「芸能界って楽しいのかなと思ってさ」

記事の中では、昨夜の配信で彼女の様子が随分とおかしかったことが指摘されていた。記事の内容は実際に配信を視聴していたファンのコメントで構成されたもので、「目が笑ってない」「話してることが支離滅裂」「面白くもないのに突然笑い出して怖い」「急に泣き出したり、自分を叩いたりしてかわいそう」「休ませてあげて」「配信を今すぐ中止しろ」といったコメントが引用されていた。誰が見ても精神状態が不安定であることが明らかだったようだ。

ＳＮＳを開き、記事に書かれていた「鈴川《すずかわ》さらさ」という名前を入力すると、既に「鈴川さらさ　配信」「鈴川さらさ　やばい」「鈴川さらさ　躁鬱《そううつ》」などが検索候補に出てきた。一番上の「鈴川さらさ　配信」をタップすると、簡単に昨夜の配信の切り抜き動画が見つかった。既に切り抜き動画が複数作成されており、中には数十万回再生されているものもある。これじゃあどれだけ事務所が頑張っても、動画や画像を完全に消すことは不可能だろう。完全にデジタルタトゥーとしてネットに刻みこまれてしまった。

興味本位で動画の一つをタップした。画面は一瞬で切り替わり、昨夜の鈴川さらさの様子を提供してくれる。

画面上の彼女は確かに心ここに在らずといった様子だった。ぶつぶつと言葉を発したかと思えば、ファンからの可愛いというコメントに対して「絶対思ってないでしょ」と大きな声をあげ手を叩きながら笑っていた。笑いがおさまったかと思えば、瞳いっぱいに涙を溜めぼろぼろと泣き出し「自分が可愛くないことがよくない。顔も心もブスだから救いようがない。自信が持てない」と叫び何度も腕を叩いていた。

編集された切り抜き動画の最後には、彼女がうなだれ、動かなくなったところがしばらく映し出されていた。振り乱して絡んだロングヘアーが痛々しく、崩れたメイクも相まってアイドルとは思えない風貌は目も当てられない。そうして翌日の早朝に、鈴川さらさの活動休止が発表されたのだ。詳細な説明がなくとも、彼女が酷く心を病んでいることは周知の事実となり、ニュース記事のコメント欄には彼女を心配する声や、彼女の所属事務所を糾弾する言葉が目立った。その裏で配信の切り抜き動画は拡散され続け、鈴川さらさは一晩でネット上のおもちゃにされた。

さらに、心が病んだことを「さらさ化した」などと揶揄《やゆ》する隠語が生まれ、彼女の動画にアフレコをしたミームまで生まれた。その状況を知ったファンたちの怒りの声も「オタクキモい」だの「オタクが顔を真っ赤にしてる」「お前らのせいで病んだのに、どの口が言ってるんだか」と、暇を持て余した傍観者たちにあっという間にもう一つのおもちゃにされていた。

チンというトースターの甲高い音を合図に、手にしていたスマホをテーブルの上に置き、代わりに白いお皿を水切りラックから取り出す。冷蔵庫からトマトケチャップを取り出し、焼きたての食パンの上に波模様を描くように絞り出した。いっぺんに酸っぱい香りが上ってくる。さくりとしたパンを咀嚼しながら、人が休まなければいけないほど追い詰められる状況について考えた。噛《か》めば噛むほど、口の中で小麦の甘味と香ばしさがトマトの酸味に混ざり合っていく。彼女の心が壊れた原因はなんなのか。

時刻は六時三十分を過ぎた頃で、テレビをつけるとちょうど芸能ニュースが始まっていた。時計代わりにつけているニュース番組が占いを始める頃には制服に着替えないといけないが、見覚えのある姿が画面に映ったことで僕の意識は完全にテレビの方に持っていかれてしまった。

「スピンズのメジャーデビュー曲が二週連続オリコン一位を記録しています。新人アイドルグループとして期待が高まりますね」

少年誌の表紙と同じ衣装を着た女の子たちが、「♪私たちの新しいスタート」と甘すぎる声で歌い、明るいメロディーがその歌声を支えている。ミュージックビデオと思われる映像の中では鈴川さらさを含む全メンバーがニコニコと笑い、ハレーションをうまく利用した照明が太陽の光のように彼女たちをいっそう眩しく輝かせていた。昨夜の鈴川さらさの様子は幻想だったのではないかと思うほど、画面の中はスタートへの希望に満ちていた。

「本日はスピンズのメンバーの中野ももちゃんと、水戸心《みとこころ》ちゃんにきてもらっています」

スタジオに切り替わった映像では、ミュージックビデオよりいくぶんか輝きの減少したメンバー二人が、眠さを感じさせない笑顔で画面に向かって手を振っていた。名前のテロップの横にはそれぞれ（18）の文字があることから、彼女たち二人が十八歳であることがわかった。

僕より一つ上の彼女たちはテレビの中で笑っていて、僕はこれから行きたくもない学校に行かなければならない。彼女たちもこの仕事を終えた後に学校に行くのだろうか。高校三年生の一年間はあっという間だから今のうちからちゃんと勉強しろ、と塾や学校の先生たちが口うるさく言っているが、彼女たちの世界には大学受験なんてものは存在しないのかもしれない。

「デビューしてから二週間ですがどうですか？」

キャスターが随分ざっくりとした質問を投げかけているが、二人は満面の笑みで毎日が楽しいですと答えている。今朝、ほんの二、三時間前に同じグループのメンバーが心を病んで活動休止を発表したにもかかわらず、そんな出来事はなかったかのように笑っている。

「今回の楽曲はどのような人に聞いてもらいたいですか？」

「思わず体を動かしたくなる曲で、振り付けも覚えやすいので、大人から子供までダンスも覚えて一緒に楽しんでもらえたら嬉しいです」

確かにサビの振り付けはキャッチーで真似したくなりますよねと、キャスターと水戸心がそのダンスを踊りながらじゃれあい始めた。中野ももはその様子を少し見つめた後、真っ直ぐにカメラを見て、

「この曲は新しいスタートを歌っています。どんな選択も、一歩目を踏み出せばスタートなんです。立ち止まっても、そこから一歩進めばそれが新しいスタートになる。聞いてくれる人が、一歩目を踏み出すときに寄り添える、そんな曲に育ったら嬉しいです」

この子は一体、誰のために歌っているのだろうか。活動を休止したメンバーのためか。それともファンのためか。聞いてくれる人とは、一体誰のことを指しているのだろう。

スピンズというグループより、中野ももという存在が気になった僕は彼女のことがもっと知りたくなった。ネットを見れば簡単な経歴はすぐに出てくる時代だ。

高校三年生の十八歳。出身は茨城《いばらき》県で、誕生日は六月三日。幼い頃は子役事務所に所属しており、僕が子供の頃に見た記憶のあるドラマにも出演していた。大人気だったそのドラマは社会現象となり、彼女を含めた子役たちが歌って踊る楽曲がブームになっていたはずだ。僕自身、保育園のお遊戯会で踊らされた覚えがある。

当時を知っている大人たちからすれば、あの子役の子がこんなに大きくなってという感想が大半だ。アイドルになってくれてありがとう、応援できる環境ができて嬉しいと言っている人は大抵が男性で、子役の頃から中野ももを応援しているようだった。

長くひとりの人間を応援することで彼らに何か見返りがあったのだろうか。僕自身がこれまで、何かに熱中することがなかったからだろうか、誰かを応援する人の気持ちを身を以《もっ》て理解できないでいる。

日々の小さな喜びはある。友達と塾帰りに寄るコンビニで好きなものを買って帰るとか、模試の結果がよかったとか。休みの日に誰にも起こされることなく眠っている時間だとか。そのどれもが自分から自分へ返ってくる喜びである。自分以外の対象物に時間を割くことで得られる喜びとは、一体どんなものなんだろうか。

自営業である我が家は、両親が家にいる時間はほとんどない。僕自身、ここまでどう育ってきたのか不思議なくらいである。母は僕を背負いながら仕事をしていたというが、気がつけば保育園へ通い、小学生の頃は学童保育で時間を潰し、首から下げるための長い紐《ひも》つきの鍵を蹴りながらひとりで帰宅していた。中学生になってもその生活は変わらず、両親は僕が問題を起こさず、おとなしく家にいて勉強をしていれば満足なようだった。ひとりで家にいるのも暇だし、学習塾に行きたいという提案もすんなりと受け入れられた。僕の学力向上については父も母も結果を残してくれればいい、というスタンスでいる。息子が自分たちの手を煩わせることなく、人生に躓《つまず》かず真っ当に生きてくれることが彼らの望みなのかもしれない。

昔から物わかりがよくて賢い子であることが、彼らが僕に抱いている印象だろう。渡されたお金で食べ物を買いひとりで食事をし、ひとりで寝て、ひとりで起きて学校へ行く。深夜に帰ってきて昼過ぎに起きてくる両親と顔を合わせることは、休日くらいしかないのだ。平日はほとんど一人暮らしと同じ生活で、僕の主食は食パンか、カップ麵。お金だけはそれなりにもらっているから、自分で買ってきたコンビニの弁当を食べる日もある。食品添加物は体を壊すと言われているが、人間ひとりがここまで大きく成長できたのだ、言われるほど害はないと思うし、少なくとも僕は添加物の入った食品に育ててもらったと言っても過言ではない。もっと日本のコンビニ文化に感謝をしなければ。

　両親は僕のために生きていない。生きていく過程でたまたま僕が生まれてしまったという感じだろう。他の家庭のように家族旅行に行ったこともなければ、クリスマスも、誕生日もない。唯一あるのはお正月くらい。父が買ってきた三段重が二つもあるおせちは、僕らだけでは食べ切ることができないほどボリュームがあるのに、毎年うちにやってくる社員たちによってあっという間になくなってしまう。

　新しい年だからって何かが大きく変わることなんてない。だったらいつもと同じ食パンを食べている方がずっといい。

　お正月の唯一いいところは社員の人たちが気持ちばかりのお年玉をくれることだ。父は「結局うちから出た金が戻ってくるだけで生産性がない」なんて嫌っているけれど、社員の人たちは僕に優しくしてくれる。進学校に入学したことをまるで自分の息子のことのように誇らしく思ってくれているようで、将来が楽しみだと会う度に口にする人もいる。


「大学はどうするの？」

　珍しく母が僕に質問をしてきた。髪を乾かす時間すら惜しいと短く切り込まれた母の髪は、昔は長くて綺麗だった。今はまばらな白髪が目立って実年齢より老けて見える。

「ここに行きたいっていうのはないけど、勉強して行けるところに行こうかなと思ってる」

「東京の大学にしたら？」

「なんで？」

「一人暮らしするのも人生経験になるかしらと思って」

今だってほとんど一人暮らしのようなものだけどという言葉を飲み込んで、母さんがいいと思うところに受かるように頑張るよと返した。

翌日には合理的な母が作った僕の成績で受かることができるであろう東京の大学がリストアップされた一枚の紙と、「失敗のないように先生とよく話してください」と走り書きされたメモが置かれていた。

そして僕は母が選んだ中で一番偏差値の高い大学に合格することができたのだ。社員の人たちは相変わらず自分の息子のことのように喜んでくれた。その反応から察するに、父と母は僕にとっていい両親ではないけれど、社員の人たちにとってはいい上司なのだとわかる。これで将来は安泰だと言わんばかりの反応は、今後の僕の人生における選択が自分たちの人生にも影響を及ぼすと信じているようにも感じられた。

本音を言えば他の家のように受験の前日には応援をしてもらいたかった。塾では絶対に全員志望校合格と檄を飛ばされ、ダサい日の丸のついたハチマキを配られた。いつもは一緒に帰る三島も受験前は疲れて免疫力が落ちないようにと、母親が塾まで車で迎えにきてくれていた。田無は一緒に自転車で帰ったが、今日の晩御飯はカツ丼なんだと笑っていた。

「あまりにもベタだよな」

「お前んち、高校受験のときもそうだったよな」

「そうだっけか？」

「お母さんがカツ丼作ってくれたから受かったんだって、お前言ってたもん」

「よく覚えてるな。お前んちは今日何食べるの？」

「コンビニ弁当だよ」

田無はちょっと気まずそうな顔をして、俺がコンビニのカツ丼買ってやるよと、いつものコンビニの駐輪場に滑り込んでいった。カツ丼を食べたところで何が変わるというのだ。

コンビニではスピンズのフェアが開催されていた。水色のラインの入った幟《のぼり》やポスターではメンバーが口元に手を添え、こちらに向かって呼びかけるような仕草で笑っている。どのメンバーもデビュー当時より垢抜《あかぬ》けた印象がある。写真を撮られること、人に見られることに慣れたのだろうか。

カツ丼の入ったレジ袋を持った田無が、明日頑張ろうなと言って袋と共に一枚のカードを差し出した。受け取ると中野ももがカードの中で誰かに向かって笑っていた。

「お前本当はももちゃん好きだろ。いっつもSNSチェックしてるじゃん」

カードの裏面にはQRコードが印刷されていて、スマホで読み込むと動画が流れ始めた。

「受験生のみんな、毎日勉強お疲れ様！　絶対合格できるよー！　がんばれ！」

受験シーズンに合わせたキャンペーンだったのか。店外からコンビニ内のポスターを見れば、確かに『必勝！』とか、『受験生応援キャンペーン』といった文字が躍っていた。

大学に進学をしなかった彼女は、本当に受験生を応援したいと思っているのだろうか。

結局、鈴川さらさはグループを脱退した。彼女たちの姿を見る度「芸能界って楽しいのかな」と言った田無の言葉がこだまする。

鈴川さらさの脱退という選択も、中野ももにとっては新しいスタートになるのだろうか。


中野もものことを追いかけるうち、周りの中で僕は「中野もも推しの人」になっていた。大学でできた友人たちもスピンズが好きなようで、彼女たちは僕たちのような若い層から特に支持を得ている印象だった。しかし、SNSでリプライをしている中野もものファンのメイン層は、四十代、五十代の男性が多い。

中野もものSNSが更新されると、僕のスマホに通知が来るようになっている。講義の間に、彼女はいくつかのポストをしていた。それが劇団潮祭の新作公演に出演が決まったというお知らせで、有名な劇団にゲストとして迎えられること、スピンズにとってこれが初めてのグループ以外での芝居の仕事であること、中野ももが子役時代以来、久しぶりに芝居の世界に戻ってくることなど、さまざまな要因が作用しSNS上は既に大きな盛り上がりを見せていた。

子役時代から応援している大人たちは、やっと彼女が芝居の世界に復帰してくれることを大いに喜び、彼らのポストは中野ももの幼少期の写真と歓喜の言葉で溢れていた。僕もぼんやりとドラマは覚えているが、十年ほどのブランクがあっても彼女は昔と変わらない大衆に評価される芝居をすることができるのだろうか。

これまでスピンズを追いかけてきたが、彼女たちのパフォーマンスを生で見たいとか、中野もと直接会って話したいという思いは僕にはなかった。友人たちの中にはCDやライブ映像のディスクを買い、特典会に参加していた人もいたが、僕が興味があるのは中野ももの核になる考え方の部分であり、彼女が日々発信してくれる事柄に対しては興味が湧いていたが、直接会いたいと思うほど熱狂的にはなれなかった。

熱狂的になったところで、僕に何がもたらされるのかは一向にわからないままだ。

友人はそうやって一線を引いている僕のことを面白おかしく揶揄していた。素直になればいいのにとか、本当は家の中はももちゃんのグッズでいっぱいなんだろうとか。

僕が一人暮らしをしている家を見に来るという口実で東京にやってきた三島と一緒に、近所の中華料理屋に入った。油でべたついた店内は程よい賑《にぎ》やかさが心地いい。一人で食事をするのが味気ない日によく訪れていて、壁に貼られた油まみれのメニューから何を選ぼうか考えるのが小さな楽しみになっている。

久しぶりに会った三島は髪を茶色に染め、いかにも大学デビューをした感じだったし、スマホの待受を水戸心のグラビアにする程の熱狂的なファンになっていた。

「推しは推せるときに推せっていうだろ」

「それって推す側のこっちの事情はまるで関係ない考えだよね」

「でも、いつ推しが辞めるかわからないだろ。行ったライブや、イベントが最後だったなんて急になったら俺は耐えられない」

その言葉を聞きながら鈴川さらさのことを思い出した。突然脱退を切り出さねばならない状況の方が問題なのではと思ったが、僕は言葉を飲み込んだ。

「ももちゃんの初めての外仕事なんだろ。初めての現場にはいい機会だし、観に行けば？」

正直、舞台なら、と考えている自分がいた。それを三島に見透かされている気がして恥ずかしくなりながら、冷めたチャーハンの山をレンゲで崩す。掬《すく》い上げても米粒はうまいことレンゲの上にのってくれない。

舞台ならライブと違って盛り上がっていなくとも浮くことがなさそうだ。静かな環境で中野ももを見ることができるし、歌って踊る彼女より演技をしている彼女への興味の方が強いと自覚はしている。ＣＤが出る度にさまざまな雑誌にのり、インタビューやグラビアをこなす中で、今回の楽曲の制作秘話とか、ＭＶ撮影のメンバー同士のマル秘話を読むより、舞台作品に参加し、作品に対し彼女自身が物語をどう解釈して、自分に落とし込んで表現するか、その方が興味深い。実際、出演が決まった時期に公開されたポスター撮影のメイキング動画を僕は繰り返し視聴している。

アイドル衣装とは違う時代劇を思わせる豪華な着物を身につけ、頭にはいつもつけているリボンやら、小さな帽子やら、コサージュとは違い、金色の大きな髪飾りやかんざしがいくつも取りつけられている。彼女が頭を揺らす度、小気味いい鈴の音が聞こえてきた。

「俺も応募するからさ、一緒に舞台のチケット先行申し込みしようよ」

お前もファンクラブ入ってるんだしと、これで逃げられまいと言いたげな表情を三島は浮かべているが、僕がファンクラブに入っているのは、ブログやファンクラブ限定コンテンツに登場する中野ももが見たいからである。

でも、僕は三島の言葉に流されるように舞台のファンクラブ先行に申し込みをした。もしかしたら、本当にこの目で中野ももが見られるかもしれないという淡い期待を飲み込むようにチャーハンの残りをかき込み、店を後にした。

「厳正なる抽選を行った結果、お客様は当選されました」というメールが来た日、何度も当選という文字を目で追って確かめた。三島はどうやら抽選に外れたらしく、僕だけが初日公演のチケットを手に入れることができた。ついに中野ももに会える。初日の日付に丸をつけたカレンダーに、後何日と数えながら毎日バツをつけた。あと一回バツをつければ中野ももに会えるはずだったのに、SNSの更新の通知が届きそこに書かれた文言を読んだ途端、カレンダーの印は意味を持たなくなった。

中野ももが降板した。

その一報は信じ難いものだった。ブログでは稽古の後に必ずもっと頑張るんだと書き記し、みんなに観にきてほしいと事あるごとに書いていた。雑誌のインタビューでも、久しぶりの芝居に緊張しているけれど新しい自分を見せることができるはず、と語っていた彼女が降板するだなんて、ずっと中野ももを追ってきた僕からしても信じられないことに感じる。プロ意識と責任感が人一倍強い彼女がどうしてこんなに急に出演しないことになったのか、どうにも考えが追いつかなかった。

スピンズの公式サイトのお知らせにも劇団側のものと同じ文面が並び、最後に付け足したように「ファンの皆様にはご心配とご迷惑をおかけします」とだけ記されていた。そりゃあ心配もする。こちらは何もわからない状態で、楽しみにしていた推しの出演舞台の降板をいきなり告げられたのだ。しかも、開幕初日の前日に。

中野もも本人からの発信は何もなく、ブログはお知らせの二日前、劇場に入って舞台稽古を頑張っているという旨のものから止まっている。何か劇団側と大きな問題があったのか、はたまた怪我か、体調不良か。公演を全てキャンセルするほどの怪我であれば、有耶無耶《うやむや》なお知らせではなく、きちんと舞台稽古中に怪我があったと伝えるべきではないだろうか。体調の問題だとすれば、急に長期の療養が必要になる大きな病にかかったのかもしれない。それはそれで彼女の病状が心配だ。下手をすれば厳しい稽古に心が疲弊し、鈴川さらさのように精神を病んでしまったのかもしれない。責任感の強い彼女なら大いにありえることだ。

チケットの払い戻しは求めないが、中野ももさんがなぜ舞台を急遽《きゆうきよ》降板する運びになったのか、運営からの納得のいく説明が必要ではないか。ファンは突然のことで心配をしている。という旨のメールを運営に送り、僕は仕方なく推しの出演しなくなった舞台を観にいく決心をした。

彼女が出なくとも、本来であれば彼女が演じるはずだった役、台詞、それらを目撃し、理解する必要があった。その上で、彼女ならどのように役を演じ、表現したかを考える必要も。会場に空席を作れば、スピンズや中野ももを目当てにチケットを取った人たちが席を無駄にしたと思われるかもしれない。それでは彼女たちの名前に傷がつく。だからこそ、僕は劇場に行かなくてはいけないのだ。

推しをこの目で初めて見ることは叶わなかったが、高揚感がなくなった分冷静に作品に向き合える気もしている。心は不自然なほど落ち着いていた。

舞台の幕が開いた。

中野ももが演じる筈《はず》だった千夏は、坂田まち子という女優が代わりに演じることになっている。頭を垂れた姿勢から、ゆっくりと上体が上がる。坂田まち子の顔には隠しきれないシワや、肌のたるみがあり、それらが照明による陰影で浮き彫りになる。一瞬とんでもない老婆が顔を上げたのかと思ったほどだ。

「私は裕福な暮らしをしているとお思いでしょう。大きな屋敷、綺麗な着物、たくさんの使用人。食事に困ることもなく、夜の寝床もいつだって清潔で暖かい布団が用意されています。ですが私はこんな生活に飽き飽きしています。窮屈でたまらないのです」

坂田まち子が呼吸をし、台詞を口にする度、くたびれた老婆のような表情がみるみる若返っていく。冒頭、千夏が感じているお屋敷暮らしに対する鬱憤《うっぷん》を数分間聞いているうちに、舞台上に坂田まち子の姿はなくなり、若く、聡明な女性である千夏がいた。

全て照明のなせる業なのだろうか？　彼女の年齢による粗を隠すためのライティングがされているのかと考えたが、生き生きと舞台上を跳ね回る女性はこの物語のヒロインである千夏そのものだった。

一幕は屋敷を抜け出そうとしたところを父に捕まり、屋敷の蔵に閉じ込められてしまう場面で幕を閉じた。蔵の外には雪が積もり、千夏は寒さに震えていた。これがいい薬になるだろうと、父はしつけのつもりなのだろうが、あまりの寒さに千夏の意識は遠のいていく。外の世界を見たい、自分の足で立って生きていたいと願う思いは、親の的外れな愛によって阻まれ、願い叶わず彼女の命の灯火《ともしび》がゆっくりと消えていきそうな苦しさ、そして寒さに耐える様子を、坂田まち子は見事に演じきり、一幕は大きな拍手と共に幕を閉じた。

周りに座る女性客たちは、急遽代役を務めたのに素晴らしいと坂田まち子を大絶賛している。確かに彼女は素晴らしい。このあと二幕がどのようになるのか、楽しみでしょうがない。

本音を言えば、中野ももが演じるところが見たかった。けれど坂田まち子の素晴らしい演技に惚《ほ》れ惚《ぼ》れし、まだ全てが終わっていないにもかかわらず、彼女のこれからの作品を見てみたいとさえ感じている。どうしてこんなに素晴らしい憑依型の女優が世間に見つかっていないのかさえ不思議なくらいだ。

周りに座る人々も口々にそう話している。主演の松山康二のファンの人々だろうか、認めたくないという雰囲気を出しながらも「ヒロイン役の方素敵ね」と称賛の言葉を述べていた。

坂田まち子は一体何者なのだろう。

二幕が始まると、物語は怒濤《どとう》の展開を見せた。松山康二演じる千石が囚《とら》われた千夏を助けに走り、盗賊の一味と共に大立ち回りを演じる圧巻のアクションシーンが展開された。ギラギラと光る照明の中で、まるでローラースケートでも履いているのかと見間違えるくらい、千石は右へ左へと立ち回り、バッタバッタと追っ手を薙《な》ぎ倒していく。一味の仲間たちも、銃や槍《やり》、刀を手にそこに加勢をし、千夏は完全に守られるお姫様のポジションとして、舞台後方で固唾《かたず》を呑んで戦いの行方を女中と共に見守っていた。

千夏が笑えばこちらまで嬉しくなり、千夏が涙すれば皆、同じようにすすり泣く。まるで会場が坂田まち子に共鳴するかのように、全体が一体となり舞台にのめり込んでいった。

彼女が跳ねるそのつま先。千石に触れる指先の美しさ。体中から溢れ出す若さの源は一体どこにあるのか。全くわからないまま、千夏の瑞々《みずみず》しい生き様に惹《ひ》かれずにはいられない。

五列目ともなれば役者の細かな表情の動き、上気して赤くなる顔、頬を伝う汗、荒くなっていく呼吸を間近に感じることができる。映像とは違う、生の人間が命を削り芝居に全身全霊を込めて向かっている姿は、なんて儚《はかな》く美しいのだろう。一瞬、一瞬、台詞が劇場の中を駆け抜けていく度に、全てが過去になっていく。ひとときでも、今、このときを繫《つな》ぎ止めておきたいほど坂田まち子は少女だった。

会場が熱気に包まれ、スタンディングオベーションの中で上演は終わった。

終演後の駅までの道のりでも坂田まち子を絶賛する声がひっきりなしに聞こえてくる。

「初めて見た女優さんだったけど、千夏役の人凄かったわ」

「だんだん若く見えてきて、最後は本当に十代の女の子みたいだった」

「正直、松山さんをくっちゃってたかも」

「今年の演劇賞にもノミネートされちゃうんじゃない？　千夏役の人」

ＳＮＳ上でも、検索をかければ同じように彼女を絶賛するポストが多く見受けられた。これが大衆に見つかるということなのだろうか。

上演開始から一週間も経てば、劇団潮祭の今回の公演に出演している中野ももの代役女優が素晴らしいというニュースも出始めた。そんなに素晴らしいなら是非とも観たいと、演劇好きたちがチケットを求めるようになり、リピーターも増えているようだった。日に日にチケットがプレミア化していき、当日券を求める列がどんどん延びている様子もＳＮＳで話題になっていた。

潮祭の歴史の中でも、このような盛り上がり方は劇団が波に乗ってきた頃以来らしく、劇団員たちも喜びの声を発信していた。

「マル子さんのおかげ」

「今回のマル子さんは本当に凄い！　絶対観た方がいいです」

などとポストされる度にスピンズ界隈《かいわい》は盛り下がっていく。どうやら坂田まち子は共演者たちからマル子さんという愛称で呼ばれているらしい。

降板が発表されてから依然として中野もものブログの更新は途絶え、公式サイトでも追加の発表は何もないままだ。自分たちの応援している子の代役がこんなにも注目の的になるとは誰も考えてもいなかっただろう。坂田まち子が褒められる度、中野ももが否定されているように感じるファンも多い。

坂田まち子が間違いなく素晴らしいことは、生であの芝居を観た僕が誰よりも理解している。中野ももが千夏を演じてもここまで話題にはならなかっただろう。

こんなときだからももちゃんを支えようというファンも多く見られた。彼女に応援のメッセージをとか、「#ももちゃんで改めて再演を希望します」、などというタグが生まれスピンズのファンの中では盛り上がっていたが、演劇好きたちからは白い目で見られていた。

松山康二の熱心なファンのSNSではこのスピンズファンのポストを引用し、笑い物にしているのをよく見かけた。

「松山さんは三年先の舞台も決まってる凄い人。突然降板した子の為《ため》に空けられるスケジュールなんてない」

「子役でブレイクしてたからって、今も芝居が上手いとは限らないでしょ」

「マル子さんが千夏で正解」

「松山さんとマル子さん、日に日によくなってってアドリブも増えてますね！　明日はどんな掛け合いになるのか楽しみ！」

劇団員たちの発信があってから、坂田まち子は観客からもネット上でマル子さんと愛称で呼ばれるようになっていった。会ったこともない人を愛称で呼ぶことに僕は抵抗があったが、一人また一人と、マル子さんと呼ぶ人が増えればそれが本当の名前のように感じられてくる。

松山康二は自分のファンが他の演者を褒めていてどんな気分なのだろうか。自分だけを見てくれ！　と目立つために、ワンマンプレーに走ったり、ネットの書き込みを見て嫉妬心を持ったりしないのか。いや、芸能人はこんなネットの片隅の走り書きなど見ないか。

一ヶ月半にわたる東京公演がまもなく終わりを迎える頃、ようやく中野ももに動きがあった。公式サイトから嬉しい方の【お知らせ】が届いたのだ。

「中野ももの活動再開につきまして。

体調不良により長期で休業をしておりましたが、体調が安定して参りましたので来月の定期ライブより一部出演という形で活動を再開させていただきます。

公演後のお見送りに関しては、本人の当日の体調を見て参加を決定させていただきます」

これには多くのファンが喜びの声をあげ中野ももの復帰を喜んでいたが、それと同時に劇団潮祭の東京公演の後に控えている、一ヶ月間の大阪公演に出演できないのかというファンの声もSNS上であがり始めた。

まだ公演も続くのだ、ももちゃんが千夏をやれるチャンスも、自分たちが観るチャンスもある筈だと。しかし、これまでと同じようにスピンズファンの意見は引用され、何もわかってない〝かわいそうな人たち〟として吊るし上げられ、ささやかな願いも叶うことはなかった。

アイドルイベントに参加するために、三島が家まで泊まりにきていた。

スピンズだけでなく、アイドル全般を熱心に追いかけるようになった彼は、頻繁に僕の家に泊まりに来るようになった。ホテル代を浮かせていると理解しながらも、家で誰かと話しながら一緒に過ごせる時間を嬉しくも感じている。

　久しぶりに更新されたブログに載せられた中野ももの写真は、顔の肉が全体的に削げ落ちた印象があるのにもかかわらず、フェイスラインや目元は少し浮腫《むく》んでいるようにも感じられた。自分のヴィジュアルにこだわりを持っているはずの彼女が、こんな不完全な状態をファンに見せるのは不本意ではないのだろうかと僕は感じたが、三島はこの写真を見て、

「ももちゃんやっぱり入院してたのかな？」

と口にした。やっぱりとはどういうことだろうか？

「ほら、運営も体調不良って言ってたしさ、点滴したり、薬飲むとこんな感じで浮腫むんだよ」

「詳しいんだな」

「うち、よく入院する人がいるからさ」

三島の家族に体の弱い人がいる話は初めて聞いた。

湯気の立ち上る肉まんを二人で頬張りながら、スピンズの新曲の話をした。

「多分、次のライブでお披露目なんじゃない？　ももちゃんも戻ってくるし」

「中野ももを待ってたってこと？」

「待ってたってことはないと思うけど、前のシングルからも期間空いてるし、そろそろかなって意味で。てか、ももちゃん戻ってきてくれてよかったな」

「まあ」

「舞台もせっかく当たったのにさ、生で見られなくて残念だったな」

「でも、代役の坂田まち子は凄くよかったよ」

「それなー。あの人、演劇賞にノミネートされるらしいよ。スピンズのファンの人が怒りのポストしてた」

「そこに怒ってもしょうがないのにな」

「お前さ、ももちゃんのファンなのにそういうこと言うのな」

「え？」

「そこはファンとして彼女を守らないと」

「守るって？」

「SNSで、ももちゃんの千夏が見たいとか書いたりさ、手紙で励ましたりとか。方法は色々あんじゃん。そうだ、今度の定期ライブ行こうぜ、今度は二人で連番で。で、お見送りのときにもももちゃんに頑張れって伝えるの。今はそういうファンの言葉が絶対必要だと思うんだよな」

返事をしようと吐き出した息は白く、立ち上ってすぐに消えてしまった。肉まんの蒸気は絶えず僕と三島の顔を温めている。

「でもそれって本当に本人が望んでるのかな。応援する側のエゴじゃない？」

「でも応援ってそういうもんだろ」

「応援する側の一人よがりだよ。向こうには向こうの望む求められ方があるんじゃないかと、僕は思う」

「は？」

「中野ももは多分、多分だけど時間がかかったとしてもこの結果に折り合いをつけると思う。それを僕たちが勝手に騒いで、彼女のテリトリーを踏み荒らしながら応援しちゃダメだ。一方的な思いにリボンをつけてプレゼントしたとしても、本人にとっては時限爆弾みたいな、開いた途端苦い思いを呼び起こしてしまうものになりかねない。こっちの思いは一方的なエゴだよ」

「じゃあお前はどうすんだよ」

「僕は……」

僕はどうしたいんだろう。三島が言うような応援を中野ももは望んでいるのか。彼女は芸能界を楽しいと思って生きているのだろうか。

中野ももが今どんな気持ちでいるのかを、僕は知るよしもない。語られなければ、知ることもできない。その語られる言葉が本物の言葉かもわからない。だから僕は彼女をもっと知りたいと感じる。手の届かない人間である中野ももは、確かに僕と同じ時代を生きているから。

第三話

みんなのために

「アイドルになろうと思ったきっかけはあるんですか？」

「小さい頃はお芝居をする機会がたくさんあったんですが、年齢と共に、子役の枠を外れるとお仕事があまり順調じゃなくなってしまって。このまま学業に専念するのもいいかなと考えたんですが、やっぱり表現することをやめたくなかったんです。それを事務所の方にお話ししたら、アイドルをやってみないかって」

「もしかしたら引退していた可能性もあるんですね」

「引退というと大袈裟《おおげさ》ですけど、ちょっとお休みをもらおうかなと考えることはありました。高校生になるとそれまで以上に進路のことを考えますし、自分はどうしたいのかといつも自問自答していました」

「大学に進学もできたと思うのですが、なぜ芸能活動一本にしたんですか？」

「それはやっぱりお仕事に専念したいと思ったからです。学ぶことはいつだってできるけど、アイドルとして活動できるのは今しかない。だから全力で臨んで、新しい世界を見てみたいと思ったんです」

本当は大学に進学したかった。いつだって勉強ができるなら、いつだってアイドルもできなくちゃおかしいだろう。

でも、相手の望む答えから外れると深掘りをされる。私はそれが嫌だから、インタビューで本当の気持ちはほとんど話さない。好きなことも、ハマっていることも、よく行く場所も、お気に入りのカフェも、最近買ったものも、ほとんどが本当のことじゃない。嘘をついているわけじゃないのだ。私はみんなが、大衆が望む中野ももを演じている。

アイドルだって最初は乗り気じゃなかった。でも、仕事がうまく決まらなくなった後、新しいアイドルグループを作るから加入しなさいとチーフマネージャーから告げられた。

母に向かって「アイドルグループに入れって言われたんだけど」と不満をあらわに口にすると、

「仕事ができるならよかったじゃない。歌って踊って人気になれば、昔みたいにたくさん仕事も来るかもしれないし。今のももは人の目に触れることが一番だと思う。そうなったらお母さん嬉しいなあ」

目を輝かせながらそう言う母は典型的なステージママだ。三歳の私が地元のイオンで今の事務所にスカウトされてからずっと。私が子役として活躍していた時は、パートをほっぽりだして現場についてきた。

「うちの子は機嫌を損ねやすいので」

それが母の口癖だった。私は機嫌を損ねたことなど一度もない。なんとなく、いい子にしていないといけない空気を察していたし、現場では挨拶をして、台詞も間違えないし、年相応の愛嬌《あいきょう》だって忘れずに披露していた。子供だからか共演者には無条件に可愛がられ、こっちにおいでと膝の上に乗せられたり、折り紙やお絵描きを一緒にしてもらった。その時間はとっても楽しくて、お兄さんやお姉さんがたくさんできたようで嬉しかったけれど、かまってもらう私を見ている母の満足げな視線が嫌いだった。

いつからか、「物心ついた頃から」、という言葉はこのことを表すのにぴったりだと思うほど、私は物心ついた頃から自分が商品であるということを自覚している。アイドルをするのも、事務所にとって私が商品だから。母にとっても私は娘であり、お金を生み出す商品であり、自分を飾り立てるアクセサリー。私が活躍するほど、周りの人は母を褒めた。頑張っているのは私なのにどうして母が自慢げにするのか、歳を重ねるほどに嫌気がさしていた。

多分、仕事が決まらなくなった頃と、違和感から母に嫌悪感を抱き始めたのは同じ時期だと思う。

「今後はどんな活動をしていきたいですか？　お芝居に挑戦することは考えていませんか？」

「そうですね、今はグループをより多くの方に知ってもらうことが大切だと思っているので、アイドルとして頑張りたいです。お芝居は出会いだと思うので、タイミングに身を任せようかと思います」

これで取材が終わりますという合図のように、ライターさんがボイスレコーダーに手をかけた。かすかな電子音と共に私の肩の力もふっと抜け、大きなあくびを必死で噛み殺す。緊張すると呼吸が浅くなりどうしてもあくびが出やすくなるし、いくつになっても取材に緊張する自分に嫌気がさす。

「ありがとうございました」

ライターさんの笑顔に応えるように、こちらもお疲れ様でしたと返すと、相手が何か言いたげにじっとこちらを見つめてきた。首を傾《かし》げてみると、

「覚えてない？」

と問いかけられた。五十代くらいの男性で白髪交じりの短い髪の毛、黒のブルゾンは年季が入っているように思えたが、特に特徴があるわけでもなく、声に聞き覚えもなかった。しばらく考えても答えのでない私にヤキモキした彼は、

「ももちゃんが子供の頃にも取材をさせてもらったんだよ。覚えてるかなと思ったんだけど」

「……すみません」

謝ることで覚えていなかった事実が明白になるが、嘘をつくわけにもいかない。露骨すぎる残念な表情に対し、私にできるのは謝ることで誠実さを見せることしかないのだ。

「子供の頃は佐々山《さ さ やま》さんって会う度に名前を呼んでくれてたんだけどなあ。まあ、随分前だしね。しょうがないか」

あの頃は取材などの仕事の時に会う大人たちのことは母が全て把握していた。今日会う人は、いつお世話になった誰で、この話をしなさいとか。こんなふうにお世話になったのよとか。母の記憶を瞬間的に自分の頭に入れ替えることばかりしていた私は、対人記憶力が人よりも随分低い

ことを今になって思い知らされる。仕事の人に関してはからっきしダメだ。

与えられた仕事をやり切ることに精一杯で、そこにいる人たちが誰なのか気を配ることができない。

こういうことがアイドルを始めてから何度もあった。母の存在の大きさを感じながらもこのままではダメだと、控室に戻ってからノートを開き、佐々山さんの名前と彼の特徴を書き込んだ。覚えていられる自信はないけれど、何もしないより罪悪感は減る。

「ちょっといい？」

チーフマネージャーが神妙な顔つきで私の向かい側に座った。取材の間に薄まってぼんやりと分離したアイスカフェラテをストローで混ぜながら、私は頷いた。彼の手には紙の束が握られている。

目の前に差し出された紙には「新作公演」とだけ記されていた。

「ももに舞台のオファーが来たんだけど、どうかな？　グループの活動の合間を縫っての稽古になるから大変だとは思うけど、劇団潮祭の新作公演。しかもヒロイン」

チーフマネージャーの口から発せられる言葉のどれもが信じられず、一語ごとに自分の体温が上昇していくのがわかった。嬉しくて持ち上がりそうな口の端を必死に堪え、そっとプリントアウトされた台本に手を伸ばす。

五センチはありそうな分厚い台本、キャスト一覧の中に自分の名前を見つけた。下には（仮）と書いてあるが、あの劇団潮祭から声がかかったことが何よりも光栄だった。

子役の頃、お世話になった女優さんが出演するので母と潮祭の公演を観に行った。話の内容は難しくて完全に理解はできなかったけれど、アクションが豊富に盛り込まれた舞台に私は圧倒されたのだ。劇場全体が熱を帯びて舞台に向かってのめり込んでいく空気は集団トランスに近いものを感じた。

女優さんはたっぷりとしたドレスを身に纏《まと》いながら舞台を右へ左へと走り、剣を振り回し、敵を次々に薙ぎ倒していく。パニエたっぷりのドレスを身に纏ったその人は、守られる側ではない。どんな人も自分で自分を守り抜くことができるのだと感銘を受けた。

カーテンコールで私が大きく手を振ると、女優さんが気づいてくれ、こちらに向かってにこやかに手を振り返してくれた。母は「手を上にあげて振るなんてマナーがなってない。後ろの人に失礼でしょ」と私を叱ったけれど、そうしたくてたまらないほど感動したのだ。あの湧き上がる興奮を抑えきれなかった。

終演後にバックステージへ挨拶に行くと、さっきまでつけていた豪華なカツラや、衣装を脱いだ出演者たちがあちこちにいた。みんなTシャツやら肌着やらジャージで歩いていて、ステージでの出来事は一夜の夢のように感じられた。女優さんの楽屋には淡いピンク色の素敵な暖簾《のれん》がかかり、そこから顔を出した彼女の頬も、もも色に染まっていた。あの人の名前は思い出せないけれど、女優さんという呼び方がぴったりな華やかさと、佇まいだった。

母が用意してくれた花束を渡すと口に手を当てて驚いてくれ、しゃがんで目線を合わせたまま何度も「ありがとう」と口にして、大事に楽屋に飾るからねとハグをしてくれた。その時に漂っていたみずみずしい甘い香りを今でも時々思い出す。あの華やかな香りこそ女優の香りだった。純粋だったあの頃は、私もあんなふうに華やかな女性になれる、舞台の上で花が舞うようなお芝居ができるんだと強く感じていた。

息をゆっくりと吐き、浮かれた心を押し殺し、「やります」とだけ答えた。これは私の夢が叶う一歩だ。

「よかった。もう芝居はやらないかと思って断ろうとしたんだけど、演出の野上さんがどうしても、ももがいいと言ってくれてね。こちらもスケジュールを調整するけど、次の新曲リリース準備と重なって大変になると思うから、一緒に頑張ろう」

「ありがとうございます。頑張ります」

「ももちゃん、新しいお仕事がまた決まって、毎日朝が早くなっちゃうけど、お母さんと一緒にお仕事も、お勉強も頑張ろうね」

「はい、頑張ります」

「それじゃダメでしょ。お仕事を決めてきてくれた人、サポートしてくれる人にありがとうございますってお礼を言わないと」

「ごめんなさい」

「ほら、もう一回」

「ありがとうございます。頑張ります」

あの頃の私は、いつだって与えてもらったものに頑張りますと言って、なんの疑いもなく取り組んでいた。

劇団潮祭の舞台出演が決まると、ファンの人たち以上にこの話題に食いついたのはグループのメンバーたちだった。中でも心は興味津々で毎日のように舞台のことを話題にしてくる。

撮影の合間にするりと隣の席に座り込んだ心は、手近にあったチョコレートに手を伸ばそうとしてから、隣にあった茹で卵に手を伸ばし替えた。

「ねえ、どうやって取ったの舞台の仕事」

「チーフが持ってきてくれた仕事だからなんとも」

「もも一人だけ別行動になるってことじゃん。それは大変だよ」

「大変でも頑張るって決めたから。ありがたい話だし」

卵の殻がベリベリと剝かれて、つるんとした中身が見えてくる。心は周りについた薄皮まで丁寧に剝がしていく。

「いいなー。なんかさ、チーフが前に言っていたけど、前にも、ももだけに来た演技の仕事があったんだって」

「うん」

「グループの仕事を優先させたいから断ったって。でもその作品、去年の日本アカデミー賞をとったんだよ。今まで言おうか悩んでたけど、アカデミー賞の発表見た時、この賞本当はももがもらえるはずだったのかもって思ったら私悔しくなっちゃって」

「そっか。そんなふうに思ってくれてありがとう」

「今回はどうしてチーフが受けることにしたのか不思議でさ。いつも今がグループにとって大事な時期だからって言ってるのに。舞台ってスケジュールをすごい取られちゃうんでしょ。もものの体力が心配だよ」

「ありがとう。でもみんなには迷惑かけないようにするから。いただいたお仕事だし頑張るね」

撮影を再開する前に卵を食べ切りなと促すと、彼女は下半分だけ殻を残した状態の卵にかぶりついた。ポロポロと机の上に落ちる黄身を私がウエットティッシュで拭き取ると、衣装さんがすかさず飛んできて心の衣装が汚れないよう、パーカーの背面が正面になるように袖を通させた。心は不注意な振る舞いが多く、よく衣装を汚す。この前も歯磨き粉をベロア生地の衣装にべっとりとつけてしまい衣装さんが困っていた。けれど、そんな彼女を叱る人はここにはいない。

母が私にべったりついていた時は怒られてばかりだった。けれど、思えば事務所の人たちはいつも「しょうがない」「大丈夫」と言うだけで指導をすることはなかったように感じる。

母のように細かすぎるのも考えものだが、スタッフさんたちの寛容すぎる態度も十分問題だと感じている。

「ほら、衣装のよっちゃんが心配しているよ。ごめんなさい」

「全然大丈夫ですよ。衣装を綺麗な状態で保つのが私の仕事でもあるんで」

「ももは気にしすぎだよー。よっちゃんはこれがお仕事なんだもんねー」

「ですね」

そうやって微笑むよっちゃんに私は罪悪感を感じずにはいられなかった。この衣装だって、ひとりひとり特別に作られたもので完全オーダーメイドだ。チュールやスパンコールがふんだんに使われた衣装はデリケートで、クリーニングだって一苦労なはず。ここには自分たちを支えてくれる人たちの苦労をわかっていない子があまりにも多すぎる。

「よっちゃん、みきのスカートの後ろのリボンが解《ほど》けちゃったんだけど」

シフォンのリボンがだらりと解けたまま近寄ってきて、くるりと後ろを振り向いて見せた家内《やない》みきちゃんは、まだ一人で背中のリボンを結べない。みんな近しいスタッフさんにはラフな口調で話している。それがいつからだったかわからないけれど、いつしか丁寧な口調で接しているのは私だけになってしまった。昔から母に教え込まれた癖、みたいなものだと思うけれど、スタッフさん的にはこうやって甘えてきてくれる子を可愛く感じるのだろうか。

「はい。結べましたよ」

「ありがと！　ほら、心ちゃん、ももちゃん、もう撮影始まるよー」

そう言って、みきちゃんは白いホリゾントに向かって走っていった。ああ、そんな勢いで白い場所に入ったら、ブーツの踵《かかと》がすれて白い床が黒く汚れてしまうのに。

「いつもありがとうございます」

よっちゃんにお礼を伝えると、彼女は柔らかい笑顔のまま、

「ももさんも我慢せず、遠慮なくご飯食べたりしてくださいね」

と言いながら、私の襟元のネクタイをキュッと結び直してくれた。

メンバー全員で並ぶ時、指示がなくてもそれぞれが自分の定位置につく。ありがたいことに、さらさが脱退してから私はグループのセンターポジションの右隣についている。センターはりかちゃん。柔らかい茶色の髪が照明に照らされて天使の輪を作っている。色が白くて、ふっくらとした柔らかそうな頬がいつもピンクに染まっている。アイドルになるために生まれてきたような女の子。本人は私と同じように事務所に言われたからこのグループに入ったと話しているが、人に言われたことをやるのが一番楽だからと、中身も見た目もふわふわしている。

一方、私は現場で物わかりのいい、いい子で通っている。迷惑をかけないいい子。周りがよく見えてるいい子。いい子と言われると、それに合わせてしっかりしなければと、無意識のうちに襟をただす。インタビューのコメントも、全員が話してから自分が話すようにしているのは他のメンバーの発言の補足に回るためで、情報の漏れがないかをいつだって気にしている。それなのに最年少のみきちゃんには「いつも締めに喋ってずるい」と言われたりもするので、理不尽だなと常々感じているが、誰かに頼まれたわけでなく自発的にしていることなのでやっかまれてもしょうがない。それに、好き勝手話して周りが見えていないことを早く気付いて学んで欲しいとさえ感じてしまう。そういった指導を母はしてくれていたけれど、事務所の人たちは私たちをただ見守るだけ。

心が落ち着く場所は我が家以外に存在しない。実家ではなく、アイドルデビューするためのレッスンなどで忙しくなるからと事務所が用意した寮のことだ。都内のマンション一棟を事務所が管理していて、メンバーは全員そこに住んでいる。一人一部屋、１ＬＤＫの間取りで、四十五平米もあり、一人暮らしには十分すぎる環境だ。家賃も事務所持ち。家財道具は全て用意されている至れり尽くせり状態で、洗濯機はなんとドラム式の乾燥機能付きだった。女の子が外に洗濯物を干すのは危ないと、社長が気を利かせて全員に用意したと聞いた時は本当にありがたかった。

帰宅して、洗濯機が回るのをぼんやり眺めているのが一番好きな時間だ。ごうん、ごうんと低く唸《うな》る音と共に洗濯物が力なく回っている。眺めているだけで頭の中が空っぽになって、自分の体の感覚が明確に認識できる。そしてこの眠気も、疲労感も、全部私のものだと自覚するのだ。

「今日は一日、雑誌の取材でした。新しい衣装で撮影したので発売をお楽しみに」

衣装の部分をスタンプで隠した自撮《じど》りをファンクラブコンテンツに載せると、瞬く間にいいねとコメントが増えていく。

今日も可愛くて最高とか、ももちゃんに癒されますというコメントを目にすると、みんなが喜んでくれて嬉しいなと素直に感じる。母の手から離れても、結局私は誰かに必要とされることに飢えているのだ。認められたいと渇望する相手が、一人からより多くの人へと替わっただけである。我ながら滑稽だなと思いながらも、いつもコメントをしてくれる人たちに救われているのも事実だ。彼らがいなければ私など透明人間だといつも思う。誰かが反応してくれなければ、私のやっていることはただの壁打ちだ。

私のためにしたことが、みんなのためになり、また私のためになって返ってくる。

コメントの常連さんたちは、イベントやトーク会にも来てくれるから顔と名前が一致している人も多い。その中で、いつまで経っても名前のない「名無しさん」という人が、必ずいいねを押してくれる。どんな時間でも必ずすぐにいいねがついている。コメントも残してくれるが、名前がなくても文面で同一人物だとすぐわかる。あらゆる時間を自分たちに使ってくれている人たちがいることを自覚し、感謝をしなければ。

家では基本的に食べることがない。冷蔵庫の中には飲み物しかないし、家に帰ってくるのは眠るためだ。朝現場に行けば食事が用意されているし、夜も現場で食べて帰ってくる。お風呂に入って、洗濯をして、眠るだけ。ここでそれをずっと繰り返している。眠りにつく瞬間、とぎれそうな意識にあらがう時、私の体が自分のものだと感じられる。

舞台出演が決まってからは、そこに台本を読む時間が組み込まれた。日々に新たな刺激が加わり、子供の頃を思い出す。

母は相手役の台詞だけでなく、私の台詞も読んでくれた。私はそれを聞いて覚え、次第に自分の台詞を口にするようになる。この場面で自分が何を感じたか、それを踏まえた上でどんな感情でいるべきかを母は丁寧に教えてくれた。私がピンときていなければ、想像しやすい状況を考え実践してくれたこともある。今思えば、母には演技を教える才能があったのだと思う。してもらっていたことを自分でやろうとすると、台詞を覚えることはできても、感情の流れが本当に正しいのか確信が持てず、疑問と不安を抱えたままだ。

明日から稽古がはじまるというのに、台詞を半分ほどしか入れることができなかった。母だったらこんな状況を許すはずがないだろう。頭の中で「どうしてこんなこともできないの」と語気を強めた母の声がする。しょうがない。だって忙しくて手が回らなかったのだから。大丈夫。これからゆっくり覚えていけば間に合うはずだ。

顔合わせの日は簡単に読み合わせをしますと連絡が来ていた。自分の出る場面に付箋を貼った台本をトートバッグに仕舞い込み、緊張の中稽古場に足を踏み入れると出演者の倍の数のパイプ椅子が並べられていた。これだけ多くの人がこの作品に関わるのかと思うと、果たして私はスタッフさんの顔と名前をきちんと把握できるのだろうかと不安になる。不安になる程現場にいる人たちの顔がぼんやりとして、同じに見えてしまう。一緒に来てくれたチーフマネージャーに自分の席に行きなさいと促され部屋に入ったはいいものの、普段の仕事現場との空気感の違いに足取りが重くなった。スーツの方もいれば、パーカーにジーンズといったラフな格好の方もいる。今日の花柄のシフォンワンピースは浮いていないだろうか、もっとラフで親しみやすい服を着てくるべきだっただろうか。

長机が四角くなるように組まれており、席には「中野もも」というテープが貼られていた。もうすでに何人かは着席しており、穏やかな様子で談笑している。

そばに近づき、自己紹介をすると彼らは「よろしくねえ」とにこやかに返してくれた。潮祭の公演は何度も観に行っているからこそ、劇団員の方々の顔と名前はバッチリ覚えている。憧れの芸能人に会っている感覚に気分が高揚し、体がじんわりと汗ばんでくる。彼らはよりラフなジャージに身を包んでいた。自分が身にまとう布が軽くて嫌になる。

「可愛いワンピースだね。よく似合ってる」

挨拶をした時、劇団員の梅元さんがにこやかにそう言ってくれた。

「いや、皆さんみたいにジャージを着てくるべきだったなと反省してます」

「僕らはもう気を張ることもないからね。今日の台本の読み合わせはずっと椅子に座ってることになるから、少しでも楽な格好がよくなっちゃうんだよ。歳をとるほど楽な方に、楽な方に流れちゃってね」

「勉強になります」

「本読み中、疲れたら気にせず肩回したりして大丈夫だからね。緊張しないでリラックス、リラックス」

「はい、ありがとうございます。頑張ります」

「頑張ったらリラックスできないよ」

本当だと二人で笑い合うと、さっきより体の強張《こわば》りがほぐれた気がした。

主演の松山さんが現れるとそれまで和やかだった空気が一変し、全員が入り口の方に注目した。サングラスをさっと外し、ハイブランドのロゴが大きく記された大きなトートを席に置くと、関係者が一斉に動き彼の前に列を成した。その様子に目もくれず、松山さんは私の元へやってきた。ハーメルンの笛吹き男になったかのように、彼の後ろには人の列が続いている。

「松山康二です。よろしくね」

「中野ももです。至らないところもありますが、よろしくお願いします」

「そんな硬くならないで。あー、僕たち共演してたの覚えてるかな？」

はて、そんなことがあっただろうか。

かすかな記憶の回路を辿《たど》り、一体どこで彼と会っていたのかを必死に考えるが、一向に記憶のヒントは降ってきてはくれなかった。彼が爆発的に売れたのはここ数年だ。そこから推察するに、おそらく私が子役の頃なのかも知れないが、当てずっぽうに答えても失礼なだけだ。彼の後ろに待つ人々は、早く挨拶を済ませたくてしょうがないのか、私たちの会話の行方を窺っている。そんなことも気にせず、困り果てた私の様子を見て松山さんはニコニコと笑っている。スターとは人から羨望の眼差しで見つめられ、余裕があり、自分時間で生きている人のことを言うのだろう。彼はこの稽古場でも既にスターだ。

「実は映画の撮影で会っていて、君と一緒に折り紙をして遊んだんだよ。とってもお行儀がよくてお芝居も上手で、きっと世の中に出てくるだろうなと思ったらその通り、僕よりずっと先に君がブレイクした。二人とも芸能界に残っていて、こうやってまた一緒にお芝居できるのが嬉しいよ」

「そうだったんですね。その時はお世話になりました。当時は現場でいろんな人に相手をしていただいていたので、お仕事に行くのがとっても楽しくて。まさか、松山さんにも遊んでもらっていたなんて光栄です。私も、今回松山さんとご一緒できるの嬉しいです」

彼は後ろに並ぶ列を気にも留めず、そのまま他のキャストの席を渡り歩き談笑し、それからやっと後ろに並ぶスタッフさんたちの存在に気がついた。稽古場の中を大人たちがぞろぞろと列を成して歩く姿は、ハーメルンの笛吹き男のワンシーンというより、大名行列だ。

演出の野上さんが稽古場に現れ、ついに稽古初日の顔合わせが始まった。スーツを着た人たちは各事務所のマネージャーと、公演の主催会場や、チケット関係、宣伝部などのスタッフさんだろう。舞台の演出家である野上さんは本来黒だったであろうくたびれたグレーのジップアップパーカーに、ダメージデニムをはいていて、誰よりもラフ。白髪交じりのたっぷりとした口髭《くちひげ》と、ふさふさの眉毛が印象的で、どことなくクマを連想させるような人だ。この人が野上さんだと知らずに会っていたら、初対面では一瞬身構える強面《こわもて》の風貌である。

「劇団潮祭・新作公演『互情門の宴』の本読み稽古を始めます」

一斉に紙をめくる音が響く。

稽古が始まるまでは一人で想像を巡らせていた脚本だったが、キャストたちによって台詞が声として発せられると、物語が紙の上から飛び出してきたような立体感が生まれた。声に出して読むことでさらにこの脚本の面白さ、テンポのよさが伝わってくる。思いがけないところで、みんなが一斉に笑えば、本番でもお客さんがここで笑ってくれるのかも知れないと想像し嬉しくなった。笑いが起きたあとは、その場面に関わっていたキャストが「ウケたぞ！」と満足げな表情を浮かべているのもいい。

台本を最初から最後まで読むなかで、緊張のあまり私は何度も台詞を噛んでしまう。自分が出ない場面は楽しんでいられるのに、自分の台詞が近づくにつれ、喉の奥がぎゅっとしまったような感覚になり、舌もうまくいうことを聞いてくれないのだ。

子役の時のイメージが強い人たちは、私が噛むことに驚いただろうか。昔は「ＮＧがない天才子役」なんて言われていたが、それは家でずっと練習していたからで、天才ではなく努力あっての結果だ。噛む度に周りがわずかにざわめくのが気になってしょうがないけれど、梅元さんの「リラックス」の言葉を思い出す。焦らない。肩の力を抜く。頑張らなくていい。でも、期待に応えなきゃ。思ってたのと違ったとか、やっぱり子役の時の方がよかったなんて思われたらどうしよう。

「では、本日の読み合わせ稽古はこれで終了します。明日からの予定は稽古場の入り口に掲示してありますので各自確認して帰宅してください」

演出助手の方がアナウンスする声にうっすらとした返事が重なり、それぞれが帰宅の準備を始めていた。

先輩たちより早く帰ることがないように、気になった部分にメモをしてみたり、机に出していたペンを一本一本ゆっくりとペンケースに仕舞ってみたりしていると、背後から久しぶりだねと声をかけられた。振り返ると、笑みを浮かべた野上さんが立っていた。

稽古が始まってからの日々は想像以上に多忙だった。稽古の前に舞台用の取材を受けたり、ライブ用のダンスレッスンを稽古の後に一人だけ受けたりした。ダンスの先生や他のスタッフさんたちが私のスケジュールに合わせてくれることが申し訳なく、事前に映像を見て自主練をするようにしていたが、必然的にその時間は稽古の前後の空き時間しかなく、一日二十四時間では全く足りない。映像を見て練習をし、その後に台本を開き台詞を覚えようとしても、目は文字の上を滑っていくだけで、気がつくと瞼《まぶた》が落ちている。寝ようとすれば何もできていないことが不安で眠れず、いざ台本に向かえば急な睡魔に襲われ朝になる。慌てて仕事に行く用意をするから身なりに気を遣うこともできなくなってきた。

洗濯物はソファの上に乱雑に置かれ、そこから掘り返すようにして着替えを探す。捨てることすらしんどくて、空のペットボトルがテーブルや床の上に転がっている。今日帰ってきたら綺麗にしようと思って家を出るものの、結局帰ってくると疲れ果て、また空のペットボトルが虚しく増えていく。

稽古が休みの日だからといって休めるわけがなく、グループ全員で行うレギュラー雑誌の撮影や、テレビ、ラジオの収録に当てられた。十分な休息が取れないことが辛《つら》いと思う瞬間もあるが、グループの仕事も舞台の稽古も、マネージャーが一生懸命スケジュールを調整してくれたと思うと、弱音は吐けなかった。

「ちゃんと休めてる？」

「大丈夫です。移動中に眠ったりできてるので」

「久しぶりに会ったけどなんか痩せた？　顔色も良くないし、目の下にクマも出てるよ」

「すいません」

「ほんとにそれー。ももちゃんに仕事つめすぎたら潰れちゃいますよ」

メンバーのみきちゃんが私とチーフマネージャーの会話に加わってくると、チーフは厳しく、

「こういう時こそみんながサポートしてあげないとダメだろ」

「サポートっていったって、みきたちもいつものスケジュールと違うタイミングで撮影したりして、十分協力してると思うんですけど」

「ごめんね、迷惑かけちゃって」

「ライブの練習も、ももちゃんがいなくて寂しいけど、みきたちはみきたちで頑張るから。ももちゃんは舞台のお仕事大変だもんね。何かあってもみきたちでフォローできると思うし！」

「……ありがとう」

「本当に休める時はちゃんと休むんだぞ。写真は修整できるから目の下のクマとか肌のくすみは隠せるけど、映像になるとごまかしきかないから」

　気をつけますと謝ってから、お手洗いに入るとぶわりと涙が溢れ出た。みんなが協力してくれてるのに、自分一人が万全の状態で撮影に臨めていないこと、メイクで隠せないほどに疲れた顔をしてしまっていることが悔しくてしょうがなかった。それと同時に、私の頑張りを認めてくれる人がいない寂しさも押し寄せてくる。頑張っても頑張っても、それが当たり前になってしまう。それはそうだ、この状況を作ってくれている人たちがいるのだから、私はそれに応えなくてはいけない。できていない自分が悪いけれど、労《ねぎら》いの言葉で、よく頑張っていると言って認めてほしかった。

　真っ赤に充血した目に、頬には涙のあとが付き、ファンデーションが剝がれてしまった。この

ままじゃ撮影の続きに参加できないことにも落胆し、また涙が出てきてしまう。水で顔を洗って目を冷やしたいけれど、これ以上メイクが崩れてしまうようなことはできない。トイレに置かれた手を拭くためのペーパーでそっと涙を拭い、ヨレたファンデーションは指で叩いてどうにか馴染ませる。

頭が割れるように痛いのは泣いたからだろうか。腹部のあたりにも重い痛みがある。ズキズキというより、鉛が体の奥で急に動き出すような不快な痛み。きっと自律神経が乱れているんだ。

現場に戻り、メイクさんにこそっと、

「目にゴミが入って充血しちゃって。充血用の目薬ありますか?」

と言って炎症を抑える使い切りの目薬をもらった。眼球にしみる目薬の刺激でやっと前を向けた。

「そうじゃなくて、もっと千夏の気持ちを想像しないとダメだ」

今日も稽古場で野上さんのダメ出しが私に向けられる。同じ台詞を彼が納得するまで何度も繰り返し言わされるけれど、なぜそう言わなければいけないのか、母ならわかりやすく説明してくれるのにとうっすら感じながら、とにかく順応していかなければならずわけもわからず言葉を繰り返す。わかっていないから結局またダメだとやり直しをさせられる、その繰り返しだ。

稽古場で私は十分な成果を残せていない。

二足の草鞋《わらじ》で頑張れると思ったのに、今の私は、アイドルとしても、舞台俳優としても不十分で、どちらの現場でも迷惑をかけてしまうお荷物になっている。

「あんまり気張りすぎちゃダメだよ」

休憩になると、温かい紅茶を持って梅元さんがやってきた。コップを受け取ると手のひらがじんわりと温められ、ほっと一息ついてしまう。

「この間、稽古を突然休んだのも、体調崩したからでしょ。気を張りすぎるともたないよ」

「そうなんです。……そうなんですけど、あの日、私の代役で入ってくれたマル子さん、完璧に私の役をこなしてたじゃないですか。私はまだ全然納得いく芝居ができてないのに、台詞も、動きも、マル子さんは完璧で。私の千夏より、ずっと千夏だったから」

「彼女の千夏が正解なわけじゃないよ。ももちゃんが思う千夏を表現すればいい。僕には十分君の千夏が魅力的に見えてるよ。いい芝居だなーって、泣きそうになる時もある」

「でも、野上さんはそうじゃないから」

「あの人はいつもああだから。他のキャストにも自分のイメージと違うことは違うって伝えてるでしょ」

「マル子さんにもそうなんですか？　私の代役の時も、ちゃんとダメ出ししてたんですか？」

「代役の人は、代わりで入ってるからね。そこにはダメ出しはしないよ。大丈夫。不安にならなくても、君はちゃんとできてる。あんまり力みすぎると喉が潰れちゃうから、あったかいお茶飲んでリラックスだよ」

稽古場の端に腰を下ろし湯気の立つコップを握りしめた。

激しい頭痛と腹痛で動くことができなくて、泣く泣く稽古を休んでしまった日があった。その日の夜、共有された稽古の動画では私の代役としてマル子さんが立ってくれていた。千夏の女中役で、台詞もそんなにない彼女が代役をしても全体の稽古には影響がないからかと思い、変更点はないかと映像を見ていると、マル子さんが台本を手にしていないことに気がついた。稽古をしているこの場面は、千夏が家を出たいと語る二ページにわたる長台詞と、掛け合いがある場面だ。稽古の序盤は台詞を飛ばしてしまったりして、悔しい思いをしながら台本を手にして稽古をしていたのに、彼女は表情の変化までつけてスラスラと台詞を喋っている。動きの動線も私が理想とする千夏として完璧なもので、やればやるほど芝居がノって、マル子さんに千夏が憑依しているようだった。

五十代とは思えない身のこなし、野上さんが稽古を途中で止めることもなく、相手をする松山さんのテンポの良い芝居に合わせて生き生きと楽しみながら演じているように見えた。何度か稽古していくうちにアドリブも差し込まれ、抜き稽古が終わるとみんなの笑いで和やかな空気まで映っているようだった。

以前、マル子さんに急に食事に誘われたことがあった。どうやって台詞と動きを覚えているのかと秘訣を聞いてみたが、彼女はすました顔で天津飯を突《つつ》き何も教えてはくれなかった。

年齢を重ねれば私も彼女のようになれるのだろうか。いや、違う。子役の頃にできていたことが今はできなくなってしまった私に明るい未来は望めない。完璧でありたいと思うほど、理想の場所に手が届いていない自分に嫌気がさす。

もし、私の千夏が野上さんの理想とする水準に届かなければ、マル子さんに役をとられてしまうかも知れない。作品の大切な核となるヒロインだ。私が野上さんならば、こんなダメ出しばかりで稽古にならない若手を使うより、安定感があって演技のできるマル子さんを選ぶだろう。

子役の頃は芝居の世界に没頭できていた。目の前で起きていることを現実だと信じることができたのだ。今は芝居をしていても頭の中が雑念だらけでうるさくてしょうがない。

ここは感情を丁寧に表現しないと。ここは前の稽古で変わったから間違えないように。この台詞で歩き始めて。あ、私の台詞の番だ。そんなあれこれが常に頭の中を飛び交ってしまう。

何より、演出席から見ている野上さんの一挙手一投足がどうしても気になってしまう。彼が少しでも身動きをすると、稽古を止められるかもしれないと不安になり体が固まる。正面を見る時も、できるだけ野上さんを視界に入れないようにしているからか、稽古場の鏡に映る私の目線は他のみんなより少し上を漂っている。

焦るほどに体中の痛みが酷くなっていく。これは自信のなさからくる痛みだ。心の苦しみが、体にも表れてきてしまっている。どうにかしなくちゃ、負けちゃだめだ。せっかく私に巡ってきたチャンスなんだから、今摑まなくてどうするんだ。一人でもお芝居ができるってこと、お母さんに見せないと。いつまでも私はお母さんのアクセサリーじゃないんだから。

「もも」

顔を上げると野上さんがいた。今日の稽古終わりに飯に行こうと誘われて、考える間もなく私は頷いた。この暗闇から抜け出せるヒントがあるかもしれない。今の私は一筋の光に向かって手を伸ばすしかないのだ。

稽古場の近くのなんてことない焼き鳥屋。マネージャーにはちゃんと連絡したし、変装用のメガネもある。もし私と野上さんが二人でご飯をしているところを誰かに見られたとしても、きっと大丈夫。芝居の話をするだけだから。こんなことを考えるあたり、私もすっかりアイドルに染まったんだなと思う。写真一枚で芸能人生が終わる人だっているのだ。何をするにもファンの人が見たら、知ったらどうしようという考えが頭をよぎるようになっている。

「お前、芝居のことで悩みすぎだぞ」

「梅元さんが何か言いましたか？」

野上さんは首を振って、焼き鳥の盛り合わせの中からネギマを選んだ。口の周りを囲むように生えている口髭の中に吸い込まれるように、ネギマは消えていった。グビグビと飲むビールの泡が髭にべっとりとついている。

「俺は自分の作品だからちょっと熱くなりすぎるところがある」

「私ができてないからですよね。……野上さんから見て、私の芝居はどうですか？」

「自分の芝居がどうかなんて、人に聞くもんじゃない」

「でも、私はずっと、母に芝居を教えてもらってきて、母はいつもどう感じたかを教えてくれていました」

私のお皿の上には棒つくねがポツンと置かれている。

「母にずっと芝居を教えてもらってたから、周りからどう見えてるのかばっかり気になっちゃうんです。今はもうずっと正解がわからないままで。野上さんの正解に私は近づけているのかなって」

「正解ではない」

「え」

「正解じゃないことがいいんだよ」

とりあえずつくねを食べろと促され、渋々棒つくねを卵黄につけて口に運ぶ。鶏の挽肉《ひきにく》は一度嚙んでしまえばホロホロと口の中で崩れていく。

「俺が書いた脚本通りに芝居をしたってなんの面白みもない作品になる。そこに役者それぞれの個性が足されることで、想像していた以上の作品に育っていくんだよ。人が替われば作品の色も変わる。今回の座組の中で、一番面白くなりそうなことを俺は毎日研究してる」

「私にたくさんダメ出しするのはできてないからじゃないんですか？」

「そうじゃない。もも、お前はすごくいいものを持ってる。でも、子役の時の経験にしがみついて、あの時できたことをなぞるだけじゃダメなんだよ。そんな小手先の芝居はお客にバレるし、あまりにももったいない。今の自分で勝負しないと。言われた通りにやるならロボットでいい。子役の中野ももはもう捨てろ。今のももが台詞を口にした時に感じたものをそのまま芝居として投げてほしい」

「ロボット」

「芝居を続けていきたいならもっと人間にならないとダメだ」

「そうやって育ってきたんです。私は与えられたことしかできないから。いきなりそんなこと言われてもどうしたらいいか」

「もっとわがままでいいんだよ。昔、芝居を観に来た時、お前は絶対この舞台に出たいですって俺に向かって言ったんだぞ。あの時くらい自分に自信を持ってみろ」

「え？　私そんなこと言ったんですか？」

「俺を見てみろ。わがままの塊だろ」

口髭をビールで濡らしたまま、野上さんは両手を広げて見せた。思わず笑ってしまうと、いつもは怖いクマの顔が、柔らかく解けた。

「笑いたい時に笑って、好きなもの食べて、酒飲んで寝たら、こんなふうになるぞ」

「野上さんみたいになったら、ファンの人が泣いちゃいます」

また二人で笑って、焼き鳥の盛り合わせをお腹いっぱい食べた。次の日のことなんて考えず、思いっきり食べて飲んで、酔っ払った私を野上さんがタクシーに乗せてくれたところまでは覚えているけれど、気がついたら家の玄関に座り込んで眠っていた。

けたたましく鳴るスマホの着信音に飛び起きると発信元はマネージャーだった。

「ももさん起きてますか？」

その一言で一気に血の気が引いた。瞬時に自分が寝坊していることを悟り、

「すいません、寝てました」

「みんな送迎バスで待ってるのですぐ降りて来られますか？」

メイクも落とさず寝てしまったし、髪にも服にも焼き鳥の煙臭さが残っている。

「ちょっと無理そうなので、バスで先に出ててください。現場には自分で行きます」

「いや、今日の現場は静岡《しずおか》だから、自分でくるのは難しいですよ。とにかく、みんなで待ってるので、できるだけ早く準備して降りて来てください」

電話を切って、急いでメイクだけ落として髪をとかし、煙臭い服を脱ぎ捨てた。髪についた煙の匂いはどうにもならず、応急処置でひとまとめにしてバスに飛び乗った。

「遅れてしまって本当にすみません」

乗り込んだバスの中は白けた空気で、マネージャーだけがここに座ってと前の空いている席に座るように促してくれた。

時刻は六時。本来の出発時間から三十分遅れたことでバスは朝の渋滞にはまってしまい、撮影の開始も大幅に遅れてしまった。現場に着いてから、マネージャーにも雑誌のスタッフさんにも何度も謝った。私のせいで遅れてしまってすみませんと。スタッフのみんなは今は舞台のお稽古もあって疲れてるからしょうがないよ、と励ましてくれたが、メンバーの空気は悪いままだった。

何度謝ってもみんなには不満げな空気が漂っている。たった一度の寝坊でどうしてこんなに無言で責められなければいけないのか正直わからなかったが、みんなの信頼を取り戻さねばと、休憩中の控室でもいつも以上に明るく振る舞うことに徹した。

「忙しいと寝坊しても注意されないのいいよね。みきが寝坊すると、マネージャー火がついたみたいに怒るのに。お前はまた寝坊かーって」

メイクさんはみきちゃんの様子に合わせてくすくすと笑っていて、それに同調するように今度は心が、

「しょうがないよ、忙しいんだから」

「みきももっと忙しくなったら寝坊しても怒られないかな」

体のうちで湧き上がる怒りをどうにか押し込めようと、聞こえないふりに徹した。二人に悪意はないかも知れない、私の被害妄想かも知れない。こんなことで怒っちゃダメだ。

「もうさ、忙しいんだったらいっそのことこっちの活動休んじゃえばいいのにね」

「そうしたらみきちゃんのポジションも一個前になるんじゃない？」

「わ！　そうかも！　ももちゃんのところにみきが入るんでしょ？　みんな歌割りも多くなるし、期間限定でそういうのもいいのにね」

聞こえない、聞こえない。私には何も聞こえない。

「……全部聞こえてんだから、少しは言い返したらどうなの」

「……黙ってるっていいよね。被害者ぶれて」

声のトーンは落としていても、狭い控室の中だ、聞こえないわけがない。

「着替えてもいいですか？」

衣装さんに声をかけて席を立った。衣装さんは何も言わず、フィッティングルームはこっちだからと別室に通してくれる。

雑誌のグラビア撮影で、みんな色違いのワンピースが用意されていた。私は名前がももだから、決まってピンク色が用意されている。並べられた中からピンクのワンピースを、これですよねと言って手に取ろうとすると、衣装さんから渡されたのはハンカチだった。

「涙、拭いてください」

「ごめんなさい」

口にすると、堰《せき》を切ったように涙がさらに溢れそうになる。もう自分の涙でメイクを崩すことがあってはダメだと、次の涙が溢れる前にハンカチで拭いさった。

「ありがとうございます」

「舞台、観に行くの楽しみにしてますね。私、潮祭のファンなんで毎公演行ってるんです。中野さんが出るって知って、今回本当に楽しみにしてて」

「え……チケット取られたんですか？」

「はい！　実は初日のチケットが」

「……ありがとうございます。頑張ります」

私がなんのために頑張るのか。もう母のために頑張るんじゃない。私はこうやって舞台を楽しみに来てくれる人や、ライブやイベントで会いたいと思ってくれている人たちのために頑張るんだ。

「応援してくれる人たちのおかげですって、私たちよく言うじゃないですか」

「はい。よく聞きます」

「あれ、今までみんな本当にそう思ってるのかなって疑問だったんです。デビューしたての頃からメンバーはそう言ってるけど、まだ応援してくれる人たちのおかげって言えるほど大きくもなってないしって。どっちかっていうと、スタッフさんたちのおかげだよなって」

「でもどの人もみんな、決まり文句みたいに言いますよね」

「はい。それがずっと違和感だったんです。でも、今、舞台楽しみにしてますって言ってもらって、私頑張らなくちゃって思えたんです。やる気をもらえました。これが応援してくれる人たちのおかげってことなんですね。今、実感を持って知ることができてよかった」

「本当に、楽しみにしてます。来週はもう初日ですもんね。今がお稽古も佳境だと思うので、体に気をつけてくださいね」

「ありがとうございます。頑張ります」


初日の三日前の夜、台本を開いていると突然内臓を鷲摑《わしづか》みにされるような激痛が襲ってきた。ここのところずっと体のあちこちが痛むのを散らすように鎮痛剤を飲んでいたが、こんなに痛むのは稽古を休んだ日以来だった。慌ててテーブルの上にあった薬のシートから錠剤を二つ取り出し口に放り込む。手近にあった飲みかけのペットボトルに口をつけ、一気に体の奥へ流し込もうとしたが、突き上げる痛みに口の中のものが全て外に飛び出した。タオルを探そうとするが、息をするのもやっとだ。内臓が悲鳴を上げている。ああ、早く病院に行くべきだった。でも、でも大丈夫。薬を飲めば痛みは和らぐはずだ。だからどうにかして飲み込まないと。そう思うのに、体を動かすこともできず、内臓の痛みが骨に響き、腹部の筋肉がねじ切れそうだ。まるで体の中がハサミでバツンと断ち切られているような痛み。その度に、言葉にならない声が漏れる。

鎮痛剤にもう一度手を伸ばし、シートから薬を押し出そうとするが痛みで手に力が入らない。震える手でシートを口に挟み、痛みで食いしばる歯の力を借りて口に入れられるだけ薬を取り出した。絶対に飲み込むという強い意志を持って今度こそとペットボトルの中身で流し込む。どうにか薬は飲み込めたけれど、効くまでこの痛みに耐えられるだろうか。

体中がほてり、頭もぼうっとするのに割れるように痛い。どうにか、どうにかしなければ。一晩でこの状況から脱しなければと考えようとする度に、激痛が邪魔をしてくる。数時間前まで劇場で稽古していたなんて嘘みたいに体が言うことを聞いてくれない。這いつくばりながら必死の思いでスマホに手をかけ、チーフマネージャーに電話をかけた。言葉にならないうめき声で助けを求めると、チーフは「今から行くから」と言って電話が切れた。

カーペットの上に小さく丸まることで痛みを散らそうとしても、腹部の奥の激痛は一向に良くはならない。だめだ、どうにかしないと。舞台に穴を開けるわけにはいかない。明日はゲネプロがあるのだ。這ってでも行く。絶対に行く。舞台の上で私は千夏にならなければいけないのだから。鎮痛剤が効けば絶対に良くなるはずなんだ。きっとこれは過度な緊張からくる痛み。だから大丈夫。絶対に。歯を食いしばりながら自分に言い聞かせた。べったりとした脂汗のせいで顔に髪の毛が張り付いていて煩わしい。

痛みに耐え続けているとインターフォンが鳴った。手を玄関の方に向かって伸ばし体を前に動かそうとしても、体がいうことを聞かずに鍵を開けることができない。何度かチャイムが繰り返されたあと、ガチャリとドアの開く音とともにチーフマネージャーが部屋に入ってきた。

「大丈夫か!?」

小さく蹲《うずくま》ったままの私の顔は汗と涙と涎《よだれ》でぐっしょりと濡れている。痛みの隙間で見上げた彼の顔がだんだんと白くなっていった。一人だったはずの影が二つになり、三つになる。人影がぼんやりとしたシルエットのように何重にも重なっていき、火照った体中の血液が一瞬で凍ったような感覚が巡り、それと同時に目の前が白く霞み、ぷつりと意識が途切れた。

真っ白な世界にようやく色がついた。ぼんやりと見える景色は家ではなく、見慣れない天井と蛍光灯。鼻を突く消毒液の匂い、音のない部屋の中でぽたぽた落ちる点滴とそこに繋がれた黄色い腕を見たとき、全てを悟ってしまった。

腕にはぼんやりとしたアザがいくつか浮かび、ぶくぶくと浮腫んだ腕につけられた点滴のテープの周りが痒《かゆ》い。まるで知らない人の腕みたいだ。こんな色でこんなアザがあったら衣装を着られないじゃないか。点滴をしていない方の手で顔を触ってみると、ゴムを触ったような感覚が指先に伝わった。鏡を見なくても自分の顔もひどく浮腫んでいるのだろうとわかる。ゲネプロに行かないとと思うのに、体を起き上がらせる程の力が出なかった。

どれぐらいベッドの上にいたのだろうか。小さなノックと共に看護師が一人部屋に入ってきた。

「お加減どうですか？」

口を開こうとしたら、乾いた唇がピリッと痛んだ。しょうがなく首をゆっくり横に振る。

「後で先生を呼ぶので見てもらいましょうか」

何も飲んでいない口の中で舌が口内にひっついてしまい、看護師を呼び止める声すらうまく出せない。どうにか絞り出した声は震えていた。

「舞台……稽古に、いきたい、です」

ぼんやりと白い天井を眺めても時間が戻ることはなかった。個室の中でまだジクジクと痛む腹部の鈍痛に耐えながら私は一人、動くこともできずだらだらと涙を流すことしかできなかった。点滴を打っているときだけは痛みから解放されるのに、痛みが無くなった途端に舞台に穴を開けてしまった現実を突きつけられている気持ちになる。それなら鎮痛剤など打たず、体中の痛みに耐え続ける方がいくらか気が紛れる。

本番がどうなったのか。まだ思うように動かない指を使いスマホで調べると、劇団潮祭の舞台が始まりましたと芸能ニュースが報じていた。ゲネプロと囲み取材の動画が YouTube にアップされていて、松山さんは一人で取材陣の前に立ちカメラのフラッシュを浴びていた。台詞が勝手に口から飛び出してきて、お経のようにぶつぶつと呟き続ける。

『松山康二決意の舞台開幕』というテロップと共に、

「中野ももさんの降板は本当に残念です。ですが、残りの座組のメンバーでこの緊急事態を乗り越えて、必ず成功させたいと思います」

と松山さんが語っていた。実際の舞台映像に映った千夏役はマル子さんで、体の力がすっかり抜けてしまった。松山さんの隣には私がいて、私が千夏を演じるはずだったのに。

ネットで舞台の感想を調べると、私が出られなかったことが残念だと書いている人は一握りだった。松山さんのファンの多くは、私のことなどなかったかのように彼を絶賛し、他の人はマル子さんのお芝居を高く評価していた。

「千夏役の彼女は本当の少女のようだった。舞台の上で最も人生を全《まっと》うしていたのは彼女で間違いない」

今はネットの書き込みの全てが私なんていなくてもいいと言っている気がしてならない。心配してくれる声がどれだけ聞こえても、出演するはずだった舞台で自分の存在がなかったものになっている事実に胸が張り裂けそうだ。

全てを注いで頑張ってきたこの日々はなんだったんだろう。どうして、こんな時につまずいて、自分に×をつけてしまったのか。

「代役が本物になっちゃった」

応援してくれる人のためにと誓ったあの日の思いは、どこかへ消えてなくなった。

第四話

あなたのために

鏡の前に座ると自分の顔と向き合うことになる。何者でもない俺が自分の顔をまじまじと見る機会はそうそうない。こうして鏡の前に強制的に座らなければいけない時、どこを見るべきかわからずにひとまず目を瞑《つぶ》りたくなる。

「今日はどうされますか？」

「サイドの毛が耳にかからないように切ってください。前髪は眉より上で。全体的にさっぱりすれば大丈夫です」

「わかりました」

仕事の隙間を見つけてやってくる理髪店。東京で働いているからっておしゃれな美容室に通うわけではない。自分みたいな仕事はタイムイズマネー。コスパとスピード重視だ。

「今日はお仕事お休みですか？」

「外回りの隙間にさっぱりしようかと思って」

決まり文句のような言葉をいつも投げかけられる。こちらは平日の昼間にスーツを着ているんだから大抵は仕事だと思うだろうが、十五時という半端な時間がよくなかったのだろうか。それとも、これからかしこまった会に行くと思われたのだろうか。いや、そんな奴《やつ》が安い理髪店で髪を切るはずがないと言いたいところだが、そのかしこまった会に行くのである。

理髪店で聞かれる「今日はお仕事お休みですか？」は、なんて意味を持たない質問だろうか。そして続く言葉はこれだ。

「お仕事は何をされてるんですか？」

それを聞いて何になるというのだ。正直に答えるわけもなく、

「営業職です」

と嘘ではないけれど本当でもない答えを返す。

これからある演劇賞の授賞式に向かう。昨日社長からその伸び切った髪をどうにかしてこいと言われたから、こうして渋々と駅前のサンキューカットにやってきたわけだ。

人生の中で一瞬しか過ごさない場所で自分の職を明かすのは合理的ではない。芸能関係というだけで相手は急に興味津々になりあれこれ聞いてくるに決まっている。

俺は静かに目を閉じて鏡越しの視線から逃げた。ついでに少し眠れたら嬉しい。


授賞式の会場である都内のホテルの周りには体にピッタリと合ったスーツに身を包んだ芸能関係者が数多く闊歩《かっぽ》し、街ゆく人たちは振り返りながら今日は何かあるのかしらとこそこそ話している。自分のスーツの袖口を引っ張り、少しでもスーツのヨレがマシにならないだろうかと悪あがきをしてみるが、手を離せばまた元通りだ。スッキリとした髪の毛と、入社して二年目の誕生日に社長がプレゼントしてくれたブランドもののネクタイだけがやけにピシッとしている。

スマホを確認すれば、社長がそろそろ会場に着くそうだ。急いでロータリーで待機をしなければ。都内の星付きホテルなど縁がなかった自分にとって今日は何もかもが初めて尽くしだ。

「すみません、タクシーが着くロータリーはどこですか？」

茶褐色のジャケットを着たホテルスタッフに声をかけると、こちらですとスムーズに案内をしてくれる。彼の髪の毛は綺麗に刈り込まれていた。

ロータリーは自分が入ってきた入り口のすぐ脇にあり、スーツを着た人が集まってタクシーや車が来るたびにソワソワと車内の様子を窺っている。

「おい」

呼ばれた瞬間、俺は目だけで天を仰いだ。

振り返れば、我らの社長がガムを噛みながらこちらを睨んでいる。隣にはできるだけ存在を消そうとしているマル子さんが小さくなって俯いていた。お願いだからガムを噛まないで欲しい。ヤンキーじゃないんだから、くちゃくちゃと音を立てるみっともない真似はしないでくれ。

「おはようございます」

「もう着くって言ったのにどうして前に立ってないんだ。マネージャーだろうが」

五十メートル先の人に話しかけているんじゃないかという声で話す社長の横で、マル子さんは視線を泳がせさらに小さくなり、どうにか存在を消し去ろうとしていた。

「すみません。到着される場所がわからなくて」

「そういう時は前日にも来て、下調べしておくものだぞ」

「社長」

マル子さんが消え入りそうな声で仲裁に入ってくれた。さすが舞台女優。囁《ささや》くような声でもきちんと通る。

社長という生き物はどうして声が大きいのだろう。自分の存在のデカさ＝声のデカさだとでも思っているのだろうか。虚勢を張っているようにしか思えないし、周りに俺は偉いんだ、こういう公の場所でも社員にしっかりと指導ができる男なんだと見せつけたいのか。だとしたらそれはなんの意味もなさない虚勢だ。まさに字の如《ごと》く、虚しい勢い。誰にぶつかることもなく、行き場のない声だけが響き渡る。できるだけ声を小さくして人との適切な距離感を身につけて欲しい。ガムを噛むのをやめて、髪をベタッとオールバックにセットするのもやめてくれたら嬉しい。香水なのか整髪料なのかわからない、簞笥《たんす》の奥の匂いを燻製《くんせい》器にかけたようなこもった匂いもあたりに振りまかないで欲しい。これだったら防虫剤と共に長年しまってあった衣類の香りの方がまだマシだ。

控室になっているホテルの一室はとんでもなく広く、自分がこれまで訪れたホテルの部屋で一番広かった。世の中の金持ちからしたらこんな部屋は当たり前かもしれないが、キングサイズのベッドに、テーブルにソファ。水回りはトイレと風呂が分かれているなんて感動でしかない。安いビジネスホテルとは全く違う。ラグジュアリーとはこういうことをいうんだろう。

そんな部屋の中でマル子さんは相変わらず身を縮めている。緑の綺麗なドレスは彼女の体を柔らかく包み、緩くまとめられた髪も普段の雰囲気と違い女性らしさが増している。女優らしいと言ったら失礼だが、今日の彼女は見た目だけは立派な女優。あと少し自信を持ってしゃんとしてくれればいいけれど、どうやらこの場に自分はふさわしくないと感じているようだ。自分の実力で勝ち取った演劇賞なんだ、もっと得意げになってもいいのに。

「マル子さん、何か飲みますか？」

テーブルの上にはオレンジジュースのピッチャーと、紅茶とコーヒーが用意されている。高そうなのし付きのお弁当もあるし、浅草《あさくさ》の有名などら焼きまで置いてある。自分も何度か社長に命じられて買いに行ったことがあるからよく覚えている。味は知らないが朝から並ばないと買えない有名店で、現場に持っていくと喜ばれる。

「大丈夫です。喉は渇いてないから」

「お弁当も大丈夫ですか？」

「はい、大丈夫です」

「マル子が食べないなら俺が先にいただこうかな」

社長は何の躊躇《ためら》いもなく弁当に手を伸ばし、添えられたのしと包みを勢いよく破っていく。

「もうすぐメイクさんたちも合流するので、そうしたら出番の前に手直ししてもらいましょうか」

「あの」

「はい」

「変じゃないですか？」

彼女は迷子の子供のような瞳でこちらを見ている。

「変じゃ、ないですか？」

もう一度、ひと呼吸おいて強く確認するように問いかけられた。

「変じゃないですか？」

こういった二択しかない質問には肯定的に答えるしか道は残されていないじゃないか。

「変じゃないです。とっても綺麗だと思いますよ」

「嘘だ……」

俺はどうしたら、どう答えたらよかったんだ？

「ちゃーんとメイクがついて綺麗にしてくれて、スタイリストがいい服を着せてくれてるんだから変なわけがないだろ。なあ、マル子、せっかくお前の頑張りが認められたんだから、お前はもっと堂々としてないとダメなんだよ。芸能人はな、胸張ってればそれっぽくなるんだから。自信が一番大事だぞ」

「私みたいなおばさんが出て行っても、姥捨山《うばすてやま》から下りてきた人だって間違えられないかしらって心配で」

「姥捨山なんてもうないから心配するだけ無駄。さっきの取材もちゃんと綺麗に撮ってもらってたじゃないか」

「私怖くて写真見てないんで」

「お前のことをずっと見てきた俺が言うんだから信じろって。今日のお前は、お前史上最高の女優だ。とにかくステージの上では女優を演じろ」

社長が流れるようにお弁当の蓋を開けると、白米の上に寝そべった艶やかな牛肉が姿を現した。思わずごくりと唾を飲み込む。マル子さんは小さくため息をつき、カバンの中から小さなメモ用紙を取り出して口の中でぶつぶつと言葉を繰り返す。社長はうまいうまいと焼肉弁当をかき込み、開いた口の中で米粒が躍っている。

「マル子さんは今日は自分のために舞台に立ってきてください」

自然と口から出ていた。

「……自分のために？」

「はい。しゃんとして、舞台の上ではあなたなりの、あなたが思う女優を演じてきてください。そうすればきっと上手くいきます」

「お前あんまり無責任なこと言うなよ。マル子は最初から自分のために女優やってんだから」

せっかくこちらがタレントのメンタルケアをしているというのに、横から余計な茶々を入れないで欲しい。社長という生き物は空気を読む回路が壊れているのか、はたまた空気を読まない才能があるのか。多少なりとも鈍感なくらいでないとやっていけないのが社長なのだろう。とにかく、今は口を閉じていて欲しいと願うことしかできない。

ドアをノックする音がしてメイクさんとスタイリストさんが部屋へ入ってきた。うちの事務所は芸能事務所ではあるが決して規模は大きくない。基本はＣＭの賑やかし要員や劇団に所属している俳優ばかりで、テレビの仕事や作品への取材などは稀だ。授賞式といったイベントとは無縁であり、こうしてメイクさんやスタイリストさんを一人だけに専属でつける現場は新鮮に感じられる。この日のメイク、スタイリストを決めるのにもなかなか苦労した。関わりがないジャンルで、自分にはつてが全くなかったからだ。周りのマネージャー仲間に聞いても売れっ子はスケジュールを押さえられないし、そもそもギャラが想像以上で目が飛び出るかと思った。結局、一度CMの現場でお世話になったスタイリストさんに連絡をし、その人からメイクさんを紹介してもらうことで当日を迎えることができた。

「場所すぐにわかりましたか？」

「はい、問題なく。お直しのために準備しちゃいますね」

メイクさんとは、いつでもどこでもヘアを直せるようにニット帽にヘアコームをさしたままにしているものなのだろうか。あの人、頭にクシささってるなと思われたりして恥ずかしくないのだろうか。

「先ほど事務所できちんとご挨拶できなかったので、お手すきのタイミングで名刺をお渡ししても大丈夫ですか？」

「じゃあ、今」

俺は改めて自己紹介をするために名刺を手渡した。

「珍しいお名前ですよね。苗字、揚げるに塩であげしおって読むんですね。下の名前は、これ……あげは、ですか？」

「あ、はい。揚塩亜華覇《あげしおあげは》です」

「こいつの親がヤンキーなんだよ」

社長が今度は空気を読んで割り込んできた。

「ああ、だから」

自己紹介をするといつもこのくだりが行われる。変な、変わった名前だと子供の頃から言われ続けたこの名前。そして、親がヤンキーだと返すと何故かすんなり納得されるのであった。

「変な名前なんで覚えてもらいやすくていいんですけどね」

世の中にはお決まりのような流れがいくつか存在する。これもまたお決まりの名刺交換の流れである。少なくとも自分の人生の中では。何度も繰り返し再生して擦り切れたテープみたいな言葉たちだ。

社長は相変わらず空気を読まずにベラベラと喋り、時々何に笑っているのかわからない自分たちの乾いた笑い声が響く。マル子さんはヘアメイクを直してもらいながらじっと鏡の中の自分を見つめていた。


彼女を授賞式に送り出す前に、自分にできることは何かを考えてみる。

「マル子さん、一本締めしましょう」

「え、今?」

「今です」

そう言って、掛け声と共に手を叩くと乾いた音が部屋中に広がった。マル子さんは今日初めての笑顔を見せて、何だか大丈夫かもと笑いながら部屋を出て行った。少しでも彼女の力になれていたのなら嬉しい。

ステージ上には受賞した人たちがずらりと並び、眩しいほどのスポットライトに照らされ、ストロボが何度もたかれていた。テレビでも幾度となく見る芸能人と並ぶマル子さんを最初は心配に思っていたが、ステージの上での彼女は別人であり、さっきまでの無理矢理女優の格好をさせられているような中年女性とは思えないほどの煌《きら》めきを放っていた。

体こそふくよかだが、背筋がすらりと伸びて、しなやかな空気をまとった姿は一段と女性らしさを放っている。周りの関係者も手元にある資料の写真と彼女を見比べ、随分雰囲気が違うと口にしている。華とは内側にある自信から溢れ出すものなのかもしれない。社長の言葉もあながち間違いじゃない。今の彼女には、これまでになかった華やかさが確かにある。

彼女の凄いところは自分に何者かを憑依させられるところだ。今回は代役を務めた劇団潮祭の『互情門の宴』で脚光を浴び、評判は瞬く間に広がりこうして演劇賞の受賞に至っている。実際に舞台を観た関係者からは問い合わせが連日のようにあり、受賞が決まったことでさらにオファーの連絡が増加、弱小芸能事務所が急に慌ただしくなった。自分のメールアドレスにも知らない芸能関係者からの連絡が途絶えない。

社長もこの注目のされ方は想定外だったらしく、評判がいいとわかると、知り合いのあらゆる芸能関係者を引き連れて舞台を観に行くようになった。帰ってくる度「マル子の芝居は何度観てもいいんだよな」とわかったようなことを口にしていた。自分もマル子さんの活躍を見たかったけれど、薄給の身には舞台のチケットはあまりにも高い。それだけあれば何日もすき家《や》の牛丼を食べられるわけで、二、三時間の観劇に大枚をはたくより、生きていくためのうまい食事に金を使いたくなってしまう。

しかし、どうして急に彼女に光が向けられたのだろう。マル子さんの存在は演劇界に突然現れた新星のように扱われている。彼女はもうずっと前から演劇の世界にいたのに不思議でならない。

「それでは、最優秀女優賞を受賞した坂田まち子さん、どうぞ」

錚々《そうそう》たる面子《メンツ》の中に並んだマル子さんは、ゆったりとした身のこなしで前に出て受賞のトロフィーを受け取った。彼女はトロフィーをじっと見つめ、柔らかく笑みを浮かべてからたっぷりと時間をかけてマイクに正対した。一連の動作で全員が彼女に釘付けになる。次は何をするのか、何を見せてくれるのか、そんな期待が湧き上がり、彼女の呼吸一つにも神経を集中させてしまう。もはや何かの魔術を使っているのではと思うほどに引き寄せられる。

「このようなありがたい賞をいただくことができ、本当に嬉しく存じます。私が今回賞をいただいた役は、本来別の方が演じる予定でした。私は代役という形で最初は舞台に立ったのですが、まず、役を任せてくださった演出の野上さんに感謝をします。私にこのようなチャンスをくださり、本当にありがとうございます。また、公演に関わってくださった皆さまに感謝いたします。

昔は、スポットライトとは照らしてもらうものだと思っていました。そして、自分には縁のないものだとも。ですが多くの素晴らしい俳優の方々と芝居を共にする中で、演者自身がスポットライトを集めるように光り、注目を集めることもできるのだと学びました。今までそれは自分にはできないと考えていましたが、今ここでお話をしているということは、私にも『互情門の宴』という作品の中で輝いた瞬間があったのだなと、やっと実感することができています。

この夢のような賞を胸に抱きながら、まだ磨き上げている途中の、自信という宝石を輝かせられるように、これからも変わらず芝居に向き合っていきたいと思います。本日はありがとうございました」

彼女の自信はすでに立派な宝石となり、彼女自身が女優として光を集め誰よりも輝いていた。今、もっとも眩しい女性であることは間違いない。人が売れる時、その人は信じられないほど眩しく光り人々の注目を集めるというが、これがそれかと納得しながら目を細めた。光り輝く彼女からは今どんな景色が見えているのだろうか。

「疲れた。ドレスって苦しいのね。このおめかししたドレスだけでもこんなに体が凝っちゃうなら、花嫁さんって本当に大変だわ。一日中ドレスを着て、ニコニコして、背筋を伸ばしてないといけないんだもん、私には到底できないかも。凄いなあ。でも、だからあれは綺麗なんだよね」

「ちょっと緊張がほぐれましたか」

「本当に。肩の荷が下りるってまさにこれって感じで、今、まさに、肩の荷が下りたての状態」

メイクさんが笑いながら肩を揉みますかーと言って本人の肩を触ろうとするが、

「大丈夫、大丈夫。揉んでもらうなんて申し訳ないから。荷が下りたらもう楽ちん」

「本当ですか？」

「ええ、本当に大丈夫。そういえば社長はもう帰っちゃったの？」

「はい。授賞式が終わったらすぐに。挨拶したかったみたいなんですが、テレビ局の人たちと会食みたいで」

「お礼を改めて伝えなくちゃね」

マル子さんは箱に入った状態の受賞トロフィーを夢見るようにうっとりと眺めながらそう言った。社長に、お礼を伝える。彼女の力で勝ち取った賞なのに、なぜ社長にお礼を伝えるのか自分にはわからなかった。

人差し指を伸ばし、自分の名前が彫られた部分を指でそっとなぞる姿に、その場にいた全員がまた惹きつけられる。誰かを演じているかのように彼女の所作の一つ一つがとても美しい。

マル子さんのそばに置かれたスマホの画面がピカッと光る。彼女の視線がチラリと動き、美しい指はスマホの画面へと伸びた。スワイプした画面には文字が連なっている。ひとつ、小さなため息を吐くと、マル子さんは泣き笑いをしているような表情を見せた。

「何かありましたか？」

「ああ……いや、ね。母からおめでとうの連絡が来たの」

「お母様も喜んでるんじゃないですか？」

メイクさんの言葉に、彼女は「そうねえ」とこぼし、スマホの画面をそっと伏せた。

マル子さんをタクシーに乗せ見送ったあと、自分は事務所へと戻った。時刻はもうすぐ二十一時を回る頃だ。ここ最近は一日が過ぎていくのがとにかく早い。気が付けば食事を取るのも忘れて仕事をしている。

数ヶ月前までは定時出勤、定時退社。芸能事務所にしてはなかなか楽だと思っていた。周りのマネージャー業をしている仲間たちは、残業上等、休日出勤は当たり前、有休はあってないようなものであると嘆く。その割に高くはない給料で笑顔を忘れずに働き、自分の担当タレントが忙しくなるほど家は寝に帰るだけの場所になってしまう。時折開かれるマネージャー同士の飲み会でそう嘆いていた。そんな時に決まってみんなが口にするのが、

「忙しいうちが華」

である。何事にも旬がある。咲いた花は永遠に咲き続けはしない。いつかは枯れたり衰えたりするものだ。

知り合いのマネージャーは入社時に埼玉《さいたま》に住んでいたが、担当タレントが忙しくなると都内に住まざるを得なくなった。高い家賃を払って都心の狭い部屋に引っ越し、そこには眠りに帰るだけという生活をしているらしい。時々、もう無理かもしれないと弱音を吐く連絡が、真夜中か朝方に入っている。その度に、うちは恵まれているんだと思っていた。

売れている俳優はいないし、薄給ではあるが、働いている量に比べれば給料はそれなりにもらえている方だと思う。時給換算してもまあ悲しくはならない金額だ。

定時で仕事を終えても文句を言う人は誰もいない。社長は声が大きくうるさいけれど、機嫌が

よければ社員に食事を奢《おご》ってくれるし、社内でピザパーティーだって開いてくれる。食費が浮くぞと、ここぞとばかりにピザをかき込む自分に社長は「もっと食え、たくさん食っとけ」と肩を抱いて勧めてくれる。そういう気前のよさは彼の美点だ。

バーテンダーをしていた自分を気に入って雇ってくれた社長には感謝しているし、これまで楽に働けていたことは本当に奇跡だったのかもしれない。

マル子さんが注目を浴びたことで全てが一変した。次々と出演依頼や取材依頼が舞い込み、接待に近い会食も増えた。牛丼屋を渡り歩く生活をしていた自分としては、食べたこともない美味しいものが食べられることに初めは喜んでいたが、日付が変わるまで飲む日々が続くと三十代後半の自分でも疲れを感じてしまう。終電を逃せば朝まで時間を潰し、始発で川口《かわぐち》市の家まで戻り、シャワーを浴びて着替えて出社という日も月に何度もある。

会食に招かれるのはマル子さんではなく、自分たち事務所の人間だ。社長は自慢げに彼女の素晴らしさを口にするが、高級な食事を口にする権利があるのは自分たちではなく本当はマル子さんなのではと、そんな考えが時々頭をよぎる。

出演依頼が来るとマネージャーがするのは、作品の概要を知ることである。いつ情報が公開になり、主演は誰で、共演者には誰がいるのか。他に出演する作品と放送時間、撮影時期が重なることはないかも重要である。

Aの作品が放送されている同じ時間の裏で放送しているBの作品に出ることは、業界の中では原則タブーとされている。その他にも確認することは山ほどある。それを自分でチェックした後、改めて今のマル子さんがやるべきかどうかを考える。そこから社長に案件の説明をし、了承を得て、ようやくマル子さんに相談することができるようになるのだ。

マル子さんは自分にこんなにも出演依頼が来ることに驚いていた。そして可能な限り、どんなに小さな役でもやりたいです、と俺が提案する作品を全て受ける姿勢でいてくれる。彼女自身が必要とされることに飢えている、そんな印象を受けた。

来週だけでも新しい二つの作品にクランクインをして、来月から撮影を始める映画の衣装合わせがある。どれも大きな役ではなく、数話だけのゲスト出演だったり、スポット出演ではあるが、舞台女優である彼女への期待を感じる〝何かが起こりそう〟な役ばかり。だからこちらで似たような役どころを避けるように心がけた。彼女のいい部分が出せそうな役を渡すことができたらと思うけれど、その彼女のいいところをまだ自分が理解しきれていないもどかしさがある。

自分のダメなところは芸能事務所に身を置きながら、今のドラマや映画に全く触れていないことである。好きなドラマは『ＲＯＯＫＩＥＳ』と『ＧＴＯ』と『池袋《いけぶくろ》ウエストゲートパーク』。後は全然わからないといった具合だ。マル子さんの現場について行くようになってから知り合った多くの役者のマネージャーたちはたくさんの映画やドラマ、小説などに触れている。話題作にも敏感で、担当俳優たちが撮影をしている間のわずかな空き時間には何が面白かったとか、この監督の作品が良いだとか、自分には到底ついていけない話ばかりをしている。しかし、彼らは好きで見たり読んだりしているのではなく、仕事の一環、話題作りとしてチェックしているようだった。話題作にアンテナを張れている業界人を演じているのかもしれない。

デスクの端には教えてもらった作品を忘れないようにメモして貼っているが、映画鑑賞も二千円を超える時代になってしまった今、気軽な気持ちで見に行くことができなくなった。俳優たちは舞台挨拶などで「何度も見たくなる作品です」とか「何度も見てください」というけれど、消費する側のこちらにその金銭的余裕がないのだ。彼らが何を思ってその定型文を口にしているのかいつも疑問に感じている。

動画配信サイトにも登録しようと思ったが、月額料金を払い続けるのならその分を別のことに回して使いたいと考えてしまう自分がいて、社長に相談して社用アカウントで見られるようにしてもらった。

放送されているドラマもチェックするようにしていると、人の名前を覚えることだけは得意な自分は、話題の俳優たち、監督、脚本家を覚えることで、少しずつ今の映像業界についていける自信が湧いてきた。でもまだにわかの域は脱せない。

「マル子さん、今日はお疲れ様でした。来週から新しい作品が始まりますし、今日はゆっくり休んでください。クランクインの詳細がわかり次第改めて連絡します」

スケジュールの確認を終え、出演オファーのあった作品の台本に手をつける。シリーズもののの中に出てくる、気のいいおばちゃんの役だ。毎話登場シーンがあり、一話分のメイン回もあるそうだ。これまでのシリーズにも目を通して、マル子さんに説明をできるようにしないとダメだと考えながらため息が出る。今の自分でこんなにいっぱいいっぱいなら、大手の超売れっ子についているマネージャーたちはどんなに忙しいことだろうか。それを考えると弱音は吐けない。チャンスのタイミングは人それぞれ違う。確実なのは、マル子さんにとってのチャンスは今なのだ。それを大切にしてあげられたらと思うし、これを機にうちの事務所が軌道に乗れたらいいとさえ考える。

社長はこの事務所を道楽のようにやっているが、本音は売れっ子を抱えたいはずだ。今ではどこへ行ってもマル子さんの自慢話ばかり。事務所の来客用のテーブルにはマル子さんが載った雑誌や新聞記事が並べられて、いつでも見られるようになっている。

小劇場にいる彼女を自分が見つけた、引き抜いた。世間が気が付く前から自分は彼女の才能を見抜いていたんだ、と。どうだか。

彼には気まぐれなところがある。

「今は梅の花が綺麗だから、梅を感じるカクテルが飲みたい」

社長は俺が働いていたバーのカウンターでそう言った。

ストレートに梅酒を出すんじゃ面白くない。思考を巡らせた結果、以前カクテルの本に書いてあった一つを思い出した。

ミキシンググラスの中にドライベルモット、梅酒、焼酎を注ぎ入れ、スプーンでゆっくりとかき混ぜる。ショートグラスの中に静かに琥珀《こはく》色の酒を注ぎ入れ、オリーブの代わりに小梅をさして添えた。マティーニに似た梅酒の味がふんわりと楽しめる一杯だ。社長はこれをとても気に入り、それ以来酒のことを話しながら時折仕事の愚痴をこぼしてくれるようになった。芸能界は見た目以上に大変なことも多いのだなと感じながら、酒を飲むこの時間が楽しくなればと思いシェイカーを振った。

「亜華覇はさ、これからどうしたいの」

あるとき、お酒がしっかり回って赤い顔をした社長が自分にこう投げかけてきた。自分にはやりたいことも、何者かになりたいなんて夢もなく、ただ一人で生きていくためにここにいた。酒のことを覚え、客にうまい酒を作れば明日もどうにか生きていける。

「特にないですね」

「そんな冷めてちゃダメだ」

「自分の人生に期待してないんです」

「じゃあ、俺にお前の人生を渡してみるか」

なんだかヤクザみたいなことを言われた。

「芸能も夜の店も水商売だからな。いつダメになるかわからない。それだったらここにいるのも、俺のところで働くのも変わらないだろ。お前には一つのことに打ち込む気概がある。人当たりもいい。誰かのために働ける奴は芸能の仕事に向いてるんだよ。俺がお前の東京の親父になって面倒みてやるよ」

俺はそれもいいかもと自分の人生を差し出してみた。

社長がバーで飲む時の締めの一杯はいつだってこの梅酒のマティーニで、今でも時々あれを作ってくれと頼まれることがある。それを作る度、あの夜「わかりました」と答えた時の嬉しそうな社長の表情を思い出す。そんなわけで本当の父親はどこかでまだ生きているらしいが、社長は自分にとっての東京の父親になったのだ。時々イライラする感情は反抗期の子供が親に抱くものと同じだと自分に言い聞かせて、不満があろうとも彼のことは一応信じている。

彼はどんなに売れていない役者にも、最低限生活できる給料を出し、空いた時間に働けるように自身が経営している飲食店のバイトを紹介している。「自分も昔大変だったから」、それが彼の口癖で、自分と同じ大変な思いをさせたくないとあの大きな声でベラベラと語るのだ。

彼にとって事務所は家であり、所属俳優や我々社員は家族なのかもしれない。

マル子さんを連れてきた経緯を自分は知らないが、生活に困っていた彼女を見かねて事務所に招き入れたのではないだろうか。

「アゲハくん」

車の後部座席で窓の外を眺めながらマル子さんが名前を呼んだ。彼女の呼び方は漢字の亜華覇ではなく、アゲハ蝶をイメージしながら口にしているふしがある。

「どうしましたか」

「仕事大変じゃない？」

「出る側のマル子さんの方が大変ですから」

「私は大丈夫。毎日ありがとうね」

「マル子さんもお疲れ様です」

演劇賞の受賞から数ヶ月経つと、舞台が話題になったあとに出演したドラマが続々と放送され始めた。近所の親しみやすいおばさんから、気の小さな副校長先生、ラブホテルの管理人、絵に描いたような嫌な義母など、今ではドラマを見ればマル子さんが出ているると言われるようになってきた。もう三クール連続でドラマ出演が続いている。それも何作品もだ。露出量の増加に伴いオファーもさらに増えている。今日は都内での撮影を終え、明日の撮影のため和歌山《わかやま》に向かって車で移動をしているところだ。規則正しく並んだ街灯が、決まった間隔で車内を照らしていく。

「最近お家に帰れてる？」

「時々」

「だよね。トランクに着替えとか、枕とかをのせてるから。体が一番大事だよ。和歌山に着いたら少しでも休んでね」

「ありがとうございます。マル子さんも移動中、寝てて大丈夫ですからね」

「なんだかね、車の中で眠れないの」

「俺の運転不安ですか？」

「ううん、そうじゃなくて。車で移動させてもらうなんてありがたいなと思って」

「現場をかけもって忙しいんですから、もう自分で移動してくださいとは言えないですよ」

「そうじゃないの。みんなで乗って移動するロケバスももちろん好きなんだけど、アゲハくんが毎日運転してくれて、私は何もせずにぼうっと後ろに乗せてもらってさ。何にもしなくても勝手に体は到着するの。それって魔法みたいで、当たり前のことじゃないからありがたいなって。この気持ちを忘れないように覚えておかないとって思うの」

バックミラー越しに彼女の顔をチラリと確認するけれど、横顔からは表情の全部を読み取れなかった。

数ヶ月一緒に過ごして思うのは、彼女は本当に普通の人だということで、普段のマル子さんは限りなく街の景色に馴染んでいる。けれど、芸能人らしい華のあるオーラも出てきた。声をかけられるとスッと女優の顔になる。

「副校長先生じゃない！　ドラマ見てるわよ！」

「ありがとうございます」

「頑張ってね！」

街の人たちは初対面でも旧友に会ったかのようなテンションで近づいてくる。最初はマル子さん自身も声をかけられるなんてと驚いている様子だったが、すぐにそれにも慣れはじめ今ではスムーズに対応できるようになっていた。

街ゆく人たちは彼女のことを役の名前で呼ぶ。思えば、自分も『GTO』に夢中だった時、反《そり》町《まち》隆《たか》史《し》さんのことを鬼塚《おにづか》と呼んでいたし、『池袋ウエストゲートパーク』が流行《はや》っていた時は窪《くぼ》塚《づか》洋介《ようすけ》さんのことをみんなでキングと呼んで憧れの存在として崇《あが》めていた。役＝演じる本人になる大衆心理は、普段から俳優たちに役そのものであることを求めているようにも感じられる。

「もう七クール連続でドラマ出演決定か。凄いな」

「来月は小さい作品ではありますが出演作が二本劇場公開になります」

「マル子の才能にやっとみんなが気が付いてよかったよ」

「でも、本当は舞台に出たいんじゃないんですかね？」

「なんで？　マル子がそう言ってたのか？」

語気を強めた社長の気迫に一瞬怯《ひる》みそうになるが、堪えながら自分なりの思いを口にしてみることにした。

「もともと舞台人だったので、そろそろ舞台が恋しいんじゃないかなと思いまして」

「舞台なんて金にならないんだよ。スケジュールは長くとられるわ、ギャラもそれに見合わないわ。コスパの悪さＮｏ．１だよ」

「…………」

「今舞台やったらお茶の間から忘れられちゃうだろ。せっかく長寿ドラマのレギュラーも決まって、ここからさらに売れていけるかもしれないのに、今は舞台なんかに割いてる時間はないよ」

「はい」

「そうだ、来週マル子は何してんの。ドラマのプロデューサーがマル子と食事がしたいって言ってるんだけど、スケジュール調整できそう？」

すぐにスマホでマル子さんのスケジュールを確認するが、今月も来月も、その次もほとんど毎日撮影や取材でびっしりと予定が入っている。俺ももうどれくらい休んでいないだろうか。

「ちょっと相談してみます。夜の会食ですよね」

「食事したいっていったら、そりゃあ夜に決まってるだろうが。あと、マル子の好きな食べ物か食べたいもの聞いておいて」

わかりましたと社長室を出たあと、マル子さんに何を食べたいか連絡しようとスマホを取り出したけれど、もう夜も遅い。明日も会うからとポケットにしまい直した。

相変わらず川口に住んだままの俺も、そろそろ引っ越しを考えた方がいいかもしれないと思い始めている。マル子さんにつき始めてもうすぐ二年が経とうとしている。四十も手前で、不規則な生活とロケ弁や会食の日々で体重は十キロも増えた。可愛がってもらっているドラマのプロデューサーからも、俺の体が大きくなるのに比例してマル子さんが売れてると言われ、喜んでいいのかわからなかった。

話題の韓国ドラマをスマホで再生する。韓国ドラマの展開はベタだけれど、そのベタさが今うけるのはよくわかる。見ていて気持ちがいいのだ。恋愛ものもセオリーに沿った展開を見せられるからこそ、その後に待っている意外な展開に驚くことができる。事務所の若手社員に見てないのなら絶対に見た方がいいと言われた『愛の不時着』は不覚にも大号泣してしまい、忙しいのに通しで二回も見てしまった。マル子さんを家に送り届けたあと、車の中でメインテーマを爆音でかけ号泣することで、デトックスしたこともあった。教えてくれた社員にはハマるのが今更すぎると笑われたが、名作はいつ見たって名作なのだ。マル子さんにもそういう長く愛される作品に出て欲しい。

今撮影しているのは不倫を扱った『交差点』というドロドロした作品だ。脚本が途中までしかできていないのでここから面白くなるのかはわからないが、不倫をされた奥さんがする陰湿な仕返しは、昔流行った昼ドラに似た雰囲気がある。

細かいものをなんでもやっていた以前と比べると忙しさの質が違うが、ゴールデン・プライム帯のドラマ撮影に、レギュラー出演しているバラエティ番組内の再現ドラマとコント番組。大作映画の撮影も行いながらでは結局慌ただしい日々に変わりはない。撮影が早く終わる日もあるが、彼女は帰ってから台本に向き合ってコツコツと台詞を覚えている。

ドラマや映画をたくさん見るようになって、この役はマル子さんにやって欲しかったなと思うことが増えたし、隙間時間に小説を読むようになり、その中でもマル子さんにできる役があるのではと考えることがある。コンビニで商品を見ていても、これはマル子さんが好きなものだと思ったり、お弁当もしゃけ弁があればマル子さんが好きだからと先にとっておくようになった。思考の一番最初に「マル子さんがどうか」が生まれ、生活の中にまでマル子さんが入り込んできている。

親とはもう連絡をとっていないのに、マル子さんへの連絡は毎日欠かさない。マル子さんは時折、作りすぎちゃったからと、忙しい中で作ったバランスのいいおかずをタッパーに入れて渡してくれることもある。正直、いつの日か食べた母の手料理より美味しくて、いつだってマル子さんのご飯を食べたいと思うくらいだ。

「前はね、舞台の稽古の時に共演者にせがまれてよくご飯を作って持っていってたの」

「こんなにうまいんだから、そりゃあみんな喜んだんじゃないですか？」

「お店開いちゃえばいいのにって言ってくれてね。このまま売れなかったら、食堂を開いて、時々お芝居をする生活もいいかもね、なんて思う時もあったの」

「このおにぎりはどう作ってるんですか？」

「ああ、これは簡単。炊いたご飯に、めんつゆとごま油、天かすと、青のりと、鰹節を入れて混ぜただけ。たぬき握りっていうのかな」

「これマジで美味しくて、いくらでも食べられます」

「いつでも作ってきてあげるよ」

「ありがとうございます」

　運転をしながらでも食べやすいようにと少し硬めに握られたおにぎりは、片手で持って食べられる。口の中で、柔らかいだしの味と、ふやけた天かすの食感とそこに染み込んだ味が溢れてたまらなく美味しい。


　俺は信号に引っかかったタイミングで、言葉にするか迷っていたことを口にした。

「マル子さん、本当はまた舞台に立ちたいんじゃないですか？」

「……舞台のお話があるの？」

　後部座席の彼女の声はいつになく期待に満ちたものだった。

「いや、そうじゃないんですけど。映像の仕事ばっかりだから、本当は舞台やりたいんじゃないかと思って」

「もちろんやりたい気持ちはあるよ。でもそれは、映像のお仕事と同じで、今私を必要だと思ってくれる人たちに応えるためにやりたいって、そういう気持ちが強いかな」

「マル子さんはもっとわがままでいいんですよ」

「十分わがままだよ。仕事はできるだけ全部やりたいってお願いしてやらせてもらってるんだから。昔を思えば今が本当に幸せで夢みたいだよ」

「誰かのためじゃなくて、自分のやりたいこととか、自分のために仕事してもいいんですよ」

マル子さんは小さく笑うと、

「自分のため、か」

と、ぽつりとつぶやいた。そして、その言葉を心の中で嚙みしめるように黙った。ミラー越しに見えたマル子さんの顔には、いつもと違う暗さが浮かんでいる。信号が青になった。俺はブレーキに置いた足を外す。

「アゲハって名前いいよね」

「俺はあんまり好きじゃないです。いかにもキラキラネームって感じで」

「そう？　私みたいな平凡な名前の人間からすると、とっても素敵な名前だと思うよ。どこにでも飛んでいけそうな、羽の生えた夢みたいな名前」

「そうですかね」

「舞台をやってた時はね、ライトの下にいるとなんにでもなれるし、どこにだって行けるって思えたの」

「今は違いますか？」

「映像の世界では、今はまださなぎって感じかな。じっとして、どうしたら羽ばたけるか考え中」

「十分羽ばたけてますよ」

「そう見えてるならよかった。でも、舞台で感じられるあの羽ばたきはね、今はないの。夏休みに捕まえられちゃったセミってこんな気持ちかなって思う」

彼女のたとえの意味を全ては理解できずに、ただ黙って続きを待った。

しばらく流れていく景色を見送った後に、マル子さんは、

「どうしてみんな売れたいって思っちゃうのかな」

「俺にはわからないですけど、売れることが成功になるからじゃないですか」

「私は、成功できてると思う？」

前の車のブレーキランプが点灯し減速する。

「うちは社長の道楽でやってる事務所でしたから、マル子さんが売れていなかったら潰れてたと思いますよ」

「ははは。そうかもね」

少しも面白そうではない笑い声と、口ぶりだった。

「そうだ。テレビ局の方が来週マル子さんと会食したいそうです。社長も同席するんですが、マ

ル子さんが食べたいものはありますか？」

「そうだな。……美味しい天津飯が食べたいかな」

「わかりました。中華料理ですね。伝えておきます。きっといい話のきっかけだと思うので一緒に頑張りましょうね。俺はなんでもするんでもっとわがままになってくださいね。無理は禁物ですよ」

ありがとうと言ってマル子さんは笑った。さっきとは違う、柔らかくて、いつものままのマル子さんの顔で。


スケジュールの調整をどうにかつけてセッティングした食事会はマル子さんの希望で赤坂《あかさか》にある中華料理店で行われることになった。

赤を基調とした個室の中には中華料理といえばの回転テーブルが置かれ、すでにテレビ局のプロデューサー陣が待っていた。

「ウチのマル子と現場マネージャーの揚塩です」

「坂田まち子です。よろしくお願いします」

深くお辞儀をするマル子さんを追いかけるように自分も自己紹介をする。

「揚塩亜華覇です」

名刺を渡すといつものようにマジマジと名前の字面を見られた後に、

「珍しい名前ですね」

と続く。

「親がちょっとやんちゃでして。ノリでつけたような名前なんです」

「亜華覇は妹もこんなキラキラネームなんだよな」

「ああ、はい」

「ちなみに妹さんはなんてお名前なんですか？」

「ありすです。同じ亜の字に里と子で、亜里子《ありす》」

「また可愛い名前ですね」

「聞こえはいいんですけど、大抵漢字を読んでもらえることがないのが難点です」

「でもお名前はすぐに覚えられますね」

「そこだけがこの仕事向きのいい名前です」

どうぞと通された席で、何を食べるかを確認されない時はコース料理が出てくると決まっている。とりあえずのビールを自分以外が注文し、乾杯をした。

「私、マル子さんが出演されていた舞台を観に行きました。素晴らしい演技に圧倒されて、いつかこの方と一緒にお仕事できればと思ったんです」

「覚えていていただけて嬉しいです」

「あのまま舞台俳優として活動されていくのかなと思っていたら、まさか映像の世界にきてくださったので驚きましたよ」

「もうあの舞台の後からひっきりなしにオファーがきていましてね。ウチとしても嬉しい限りです」

小皿に盛られた最初の料理が到着する。ホタテのすり身を丸めたものだとか、キクラゲがどうだとか長々とした説明をしてくれるが、片耳に入った情報は聞いているうちにもう片方の耳から抜けていく。

次々と食事が運ばれ、周りのお酒もどんどん進んでいくとマル子さんもほんのり頬を染めながら会話に花を咲かせている。

「今日この席を設けさせていただいたのはですね。ぜひマル子さんに来年の夏にウチの局で放送予定のドラマに出演していただきたいと思いまして」

社長は初めて聞く話だと興味を示した表情を作っているが、込み上げる笑いを隠しきれておらず、口の端がむくむくと上がり始めている。マル子さんの反応を確認するようにチラチラと窺う様子は、思春期の男子のようで見ていて恥ずかしくなる。

「それはとてもありがたいお話です。こんなふうに直接お話を聞く機会もそうないので。どんな作品なんでしょうか」

「マル子さんにはダンスを始める主婦を演じてもらいたいと思います」

「おお。ダンスですか」

彼女は苦い顔をしてみせた。

「もちろん練習はしっかりします。撮影開始まであと五ヶ月ほどありますから、しっかり準備もしていただけると思います。それにダンスを始める主婦という設定なので、最初から上手である必要もないんです」

　こちらが企画書になります、と手渡された資料には黄色の背景の上で真っ赤な文字の作品タイトル『ブギウギ☆ダンス』が（仮）とついたまま躍っている。

　あらすじは、町おこしの為に商店街組合の主婦たちが寄り合い、ダンスチームを結成するというものだった。『フラガール』や、『チア☆ダン』のようなイメージで、最後は全員で息の合ったダンスをし大会に挑む。視聴者に共感を与え、頑張ることの素晴らしさを伝えられる作品にしたいという。そして、

「マル子さんには主役を演じていただきたいんです」

「え？」

　思わず自分の口から声が漏れていた。

「マル子さんが主演ですか」

「そうです。ぜひ主役をお願いして作品を引っ張っていって欲しいんです」

　よかったじゃないですか、そう言いかけてマル子さんの方を見ると彼女の表情は決して明るいとは言いがたいものだった。

「本当に私でいいんでしょうか」

「もちろんです」

「私はダンスだってできないし、真ん中に立って人を引っ張れる自信もないですし」

　彼女の目の前には一口だけ食べた天津飯が置かれている。中の白米が冷めていても表面の輝き

はそのままで、部屋の照明をいっぺんに受け光っている。

「舞台でのあなたは誰よりも輝いていました。私、観に行った後にずっと忘れられなかったんです。どんな風に芝居に向き合ったらあんな素晴らしい表現ができるんだろうかって。この素晴らしさを伝えられる作品を作らないと、そう思って今日までやってきました。だからこそこの役を、真ん中で光り、多くの人に勇気を与えられる、お茶の間を笑顔にできるこの役をお願いしたいんです」

椅子から半分立つ形でプロデューサーの彼女は熱心に語りかけていた。当のマル子さんは薄まったウーロンハイを手にするとゆっくりと一口含んでから、少し考えさせて欲しいですと答えた。社長はなんでそんなことをと渋い顔をし、「なんでもやってみる方がいいんじゃないか？」と、今度はマル子さんではなく、プロデューサーの顔を窺っている。テレビ局の面々は少しでも彼女の機嫌を損ねないように柔らかい笑みを浮かべるように心がけているようだった。ダンスはサポートしますからとイメージ映像を見せてくれる。自分は、一体どんな表情を作ればいいかわからなかった。

主演なんてこんな大きなチャンスが巡ってくるのは喜ばしいことだ。ぜひ挑戦してもらいたいし、挑んでいくマル子さんをそばでサポートしたい気持ちはある。けれど、彼女の抱える不安もわかるのだ。突然任された代役のヒロインとは違う。主演となればその作品の全てを背負い、矢面に立たなければいけなくなるのだ。これから先の彼女の役者人生にも関わることだ。マル子さんが慎重になるのもわかる。

「こちらとしても大変ありがたいお話だと思います。ですが、マル子さんに考える時間と、プロットだけでなく、一話分だけでもいいので脚本をいただくことは可能ですか？」

社長の視線がぐいっとこちらを向いた。俺の口を塞ごうとする圧のある視線を無視して言葉を続ける。

「自分もぜひこの面白いプロットがどう脚本になるのか見てみたいのでお願いしたいんです」

「ええ、それはもちろん」

「私も脚本を読ませていただけたらありがたいです。やりたくないわけではないんです。ただ、自信が持てなくて。自信を持つためのイメージが欲しいんです」

早急に第一稿を仕上げるという約束を取り付け、デザートの杏仁豆腐《あんにんどうふ》を食べつつ社長が昔マカオのカジノで大勝利を決めた話を聞きながら会はお開きとなった。

「今日は送らなくても大丈夫だから」

駐めている車の方に歩いて行こうとすると、そうマル子さんに止められた。

「でもお酒も飲んでますし、乗っていった方が楽ですよ」

「大丈夫。私、いい大人だから」

「そうですけど」

「少しね、酔いを醒《さ》ましながら今日のこと考えたいの」

酔っ払っているからかまだ火照りの冷めない顔をしたマル子さんは、ちょっぴり潤んだ瞳のまま赤坂の街へ消えていった。その瞳は、あのときミラー越しに見た瞳と似ていた。俺は丸みを帯びた背中が右へ左へと揺れるのを眺めながら、どうか真っ直ぐ進んでいって欲しいと願うことしかできなかった。

第五話

オーバーラン

薬指の爪先が割れてしまいそこばかりが気になって、気がつけば親指で触り続けている。小さな傷ほど痛むのと同じように、些細な欠けが引っかかってしょうがないのだ。このまま触り続けていればそのうち親指が切れてしまうのではないだろうか。そう思いながらも触ることをやめられないでいる。

体調はずいぶんよくなったのに私の中では永遠に時間が止まったままで、一時期仕事がなくなった時に自分を慰めるように使っていた「子役から大人の役者になる過渡期は仕事がなくなるものだから」みたいな、自分の心を落ち着かせる言葉が今はない。言葉のお守りも、拠《よ》り所《どころ》もない私は、欠けた爪を気にし続けることしかできない。

二年前、大切な舞台の仕事を体調不良で飛ばしてしまった。その事実は想像以上に仕事の枷《かせ》になってしまっている。復帰してグループでの稼働はあれど、また体を壊されては困ると急激に仕事をセーブされた状態が続いている。がらんとしたスケジュールを見ればそんなことは言われなくてもわかるし、事実、体感している。ああ、気を遣われているなと。大丈夫、元気です、と言ってみたって一度躓いた人間はまたいつ転ぶかわからない。×が付いて迷惑をかけたのだ、リスクが高いのならクライアントが使いたくない気持ちはよくわかる。逆の立場であれば私もそうしただろう。今できることは仕事中に精一杯の笑顔で元気に「普通である」と振る舞うことだ。頑張れますとか、仕事したいですなんて口にしたところで、意地を張っていると思われる。それに無理をすると熱が出やすくなってしまったのも足を引っ張っている原因のひとつだ。定期的に行う血液検査の結果は今は安定しているが、体力が落ちたままで医師からも無理はしないようにと釘を刺されている。

心の中で燻った気持ちが焦りだと気がついて随分経った。もはや負の感情という名の燃料も燃え尽き、燻るものは残りわずか。微《かす》かなプライドに灯《とも》る残り火をただぼんやりと見つめている。

心は今、凪《なぎ》の状態だ。お守りの言葉がなくても自分を誤魔化すことがうまくなっていく。傷ついたなら別の傷によりかかり、本質から目をそらす。

それにほら、きっとあの時ファンからも働かせすぎだとクレームが入ったのかもしれない。彼らの心配する声がクレームとして扱われてしまうのは不本意だが、事務所には事務所の考えがある、ということだろう。内側からすれば外からの声は案外疎まれやすかったりするものだ。

レッスン室からリノリウムの床が擦れる音が響いている。微かに漏れてくる音楽に合わせて、キュッ、キュッと鳴ったかと思えば、時折鈍い音も混ざって聞こえる。ターンの着地がうまくいかなかったのだろうか。

今、レッスンをしているのはあの子だろう。×がついた私に代わって大人たちが売り出そうとしているあの子。いや違う。別に私は売り出そうとされてなかったか。

「おはよう」

長い髪を扇状に広げながら、こちらを振り返ったのはみきちゃんだった。首筋に張り付いた髪の毛に上がった息。浅い呼吸の隙間から発せられた「おはよう」の中には訝《いぶか》しさが滲《にじ》んでいる。みきちゃんの方が年下だけど、私たちは同じメンバーだから敬語は使わない。この二年で、彼女は少女から女性へと変化を遂げている。出会った頃より身長も伸び、顔つきが大人びてきた。以前は一人で何かをすることなんてできなかったはずなのに。気がつけばまた欠けた爪を触っている。

「自主練？　偉いね」

「うん。ほら、みきに決まったドラマの。みんなにダンスを教える立場だから完璧に練習しないとダメだと思って」

みきちゃんは今年の夏に始まるドラマに出演することが決まった。単独のドラマレギュラー出演はグループの中で彼女が初めてになる。

商店街の主婦たちがダンスで町おこしをしようと奮闘する物語らしく、レコード会社の計らいで私たちスピンズがドラマの主題歌を担当することになった。その繋がりなのかは定かではないが、ライブを見に来たプロデューサーからの指名でみきちゃんの出演が決まったらしい。

みきちゃんの出演決定を知った時メンバーは揃《そろ》っておめでとうと声をかけていた。私はその時どうしていたっけ。爪が気になってしょうがない。いっそ剝がしてしまった方が楽だろうか。

「上手に踊れてたよ」

「ありがとう。ももちゃんは今日は？」

「ファンの人から手紙が届いてないかなと思って、外に出たついでに寄ってみたの」

「そっか。今日は体調大丈夫？」

ちょっとだけ口角を上げて頷くと、みきちゃんは私の三倍は口角が上がった笑顔でよかったと言った。彼女の溌剌《はつらつ》とした笑顔は若さ故なのだろうか。まだ何も知らない、これから起きることに希望を抱いた眩しい笑顔。

「みき頑張るからさ、ドラマ見てね！」

「もちろん。忙しくなるだろうから、みきちゃんこそ体調に気をつけてね」

「ありがとう！　大丈夫、みきはタフだから」

靴下の中の指に力を込めて私はレッスン室を後にした。脱いだスニーカーを履いた時、靴紐に右手の薬指の割れた爪が引っかかり縦に長い亀裂が入ってしまった。ほら、やっぱり。小さな痛みに耐えながら立ち上がると、指先にじんわりと血が滲む。やってしまったと思いながらも、指先が痛むことが今はありがたい。

事務所の中ががらんとしていて今日が休日だと気がついた。この仕事をしていると曜日感覚がなくなってくる。月曜日だから仕事が始まるわけでもなく、土日も働いていることが多い。休日が不規則だったり、ずっと休みが続いたりしていると今日が何曜日かなんて気にしなくても生きていけてしまうのだ。

休みなら今日はスタッフさんもほとんどいないだろう。スピンズのロッカーがある控室まで行き自分のロッカーを開くと、中には予備のレッスン着と、手紙が二通だけ置かれている。差出人の名はない。

前はもっとたくさん手紙があったのに、そう思いかけた自分を抑え込み、差出人の名のない手紙を手に取った。いつも通りの真っ白な封筒。でもさりげないエンボス加工で洋風の草木が連なった模様がほどこされていて、光のあたり具合で綺麗に凹凸が出る。なんの汚れもない真っ白な便箋には、いつも細く綺麗な字でメッセージが書き込まれている。

カバンの中で折れないようにと、持ってきたクリアファイルに大切にしまい事務所を後にした。どうにも帰る気になれない今日。というか毎日。家にいても閉塞感があり、住み慣れてしまった部屋は時間が止まっていて息が詰まる。仕事はあるけど前ほど忙しくもない。回転する洗濯機の音は聞き飽きた。イベントや、スピンズのレギュラー番組やラジオでもない限り今の私には何もない。

SNSを見るとみんな何かしら仕事をしているようだった。ふらりとあてもなく渋谷《しぶや》の方に向かって歩みを進めることにした。何もない時はないなりに歩くのが一番だ。

何もないと言いながら自然と一つの場所に足が向かっている。心の隙間を埋められる密度の高い空気のある場所。

じんわりと汗ばみながら坂を上る間ずっと割れた爪のことが気になっていた。コンビニで絆創《ばんそう》膏《こう》でも買って爪を包んでしまおうか。そうすれば気にならなくなって触らなくなるかもしれない。ほら、血だって滲んできてるんだし。でも触ることがやめられないのは何故だろうか。あまりにも青すぎる空に向かって顔を上げると、気持ちがわずかに上向いた。雲になって流れていけたらどれだけ楽か、今あるものを捨てて流れていけたらどれだけいいか。確かに呼吸はできるのにどうしてこんなに息苦しいのか。

坂を上り切り、交差点をいくつか越える。東京で長く生活すればするほど人混みをすり抜けて歩くのがうまくなっていく。時折すれ違った人が私の方を振り返ったりするけれど、何も気にしていない振りをして顔を前に向け堂々と歩いた。

流石に一時間も歩けば息も上がる。いい運動になったと思いながら目的の喫茶店に着くと、自然と笑みがこぼれた。今では家より落ち着く場所と言えるかもしれない喫茶店の前に置かれたメニュー用の看板には、店長の手書きのメッセージが書かれている。

「昨日彼氏と電話で喧嘩《けんか》しました。地獄に堕《お》ちろ！　と大声で叫んだら、そばを歩いていた男の人が走って逃げて行きました」

くすりと笑ってスマホのカメラで看板を撮りドアを開けると、いつもよりブスッとした表情の店長がこちらを向いた。

「いらっしゃいませ」

彼女の目線が店内を見回した。どこでも好きな席に座っていいという合図だ。ありがとうございますと伝え奥へ入っていくと、お客さんがまばらに座っていた。店の一番奥の二人掛け席に腰掛けると、すぐに店長がお水とおしぼりを運んでくる。

「ホットコーヒーひとつ。あと、バタートーストをお願いします」

「はーい」

間の抜けたような店長の返事が店内に響き、私は心底彼女が羨ましいと感じる。

まだ子役としてたくさん仕事があった時、母と些細なことで喧嘩をしたのだ。毎日お弁当で嫌だと。私がぽろりとこぼした言葉に母は激昂して、酷く叱られた。翌日、朝起きてから仕事の現場に到着するまで、私はツンとして母と目も合わせなかった。現場ではちゃんと芝居をしたつもりでいたが、帰宅してから更に母に叱られることになった。

「今日の態度はなに？」

「ちゃんとお芝居したよ？」

「お芝居はちゃんとできてた。でもそれ以外の時、現場でも不機嫌なのが丸わかりだったよ」

そんなことない、と反論するために口を開いたがそれより母の言葉の方が早く、私の声は唇の先でかき消された。

「調子悪いですかってみんな心配してたのよ。お母さんと喧嘩したことは現場の人たちには関係ないことでしょ。外ではいつだってちゃんとしなさい」

「してたよ」

「ちゃんとするっていうのは、いつでも笑顔でちゃんと人の目を見てお話を聞いて、きちんと返事をすることよ。今日のももはそれができてなかったから、みんなが心配してたんだから。お母さん恥ずかしかったわ」

まだ幼い私は言い返すための言葉を探すことに時間がかかりすぎて、結局そこで話が終わってしまった。心に残ったのはどんな状況でも常に笑顔でいい子にしていないといけない、それが仕事をするということである、という刷り込みだった。

　自分の思いを表に出すのは今でも苦手だ。あれから何があっても笑って誤魔化すくせがついたし、泣くのは家の中でだけだった。みっともないと言われるから母の前でも泣くのをやめた。

　だからだろうか、私にはここの店長の自我がダダ漏れした振る舞いがたまらなく羨ましいのだ。表の看板に書かれるメッセージはどこか自虐的だけれどそれが人間らしく、輝いて見える。自分もSNSにこんな赤裸々に胸の内を書き散らかせたらいいのに。

「若い子にお姉さん若いですねと言われたけど、歳を言ったら苦笑いされました。明日は休みます」とか「筋トレを始めたら腹筋十回で腰がやられたので痩せるのに向いてなさそうです。今日は基本座って営業中です」とか。通りすがりに見かけるこの看板が気になって仕方がなくて飛び込んだ店内は、昭和と平成がミックスされたような、雑多で不思議な空間だった。昔のアニメや洋画のポスターが貼られ、ソフトビニールでできたキャラクターフィギュアが所々に並んでいるかと思えば、大きな木製の振り子時計が壁に張り付いたように掛けられている。種類の違うシェードランプ。種類のバラバラなカップ＆ソーサー。コーヒーが入っているカップも大きさがまちまちで、時々お客さんから注ぐコーヒーの量にばらつきがあるんじゃないかと問い詰められていることがあるが、店長は飄々《ひょうひょう》とした態度で「ちゃんと量って入れてるんでぴったり同じですよ」と言っている。でもあれは多分嘘。店長が眉をひそめるような客に対して、あえて量を少なく注いでいることを私は知っている。

　彼女くらい図太い神経が欲しい。相手に対して抑えきれない怒りが込み上げたら、所構わず

「地獄に堕ちろ！」くらい言えるようになってみたい。

隣に座っているラフなＴシャツにオーバーサイズのデニムをはいた男性二人組。私と同じくらいの年齢か、それより少し上だろうか。

「今日は最高の休日になったわ」

気持ちよさそうに体を目一杯伸ばす男性の向かい側で、もう一人はチョコレートパフェを頰張っている。最高の休日というワードが耳にひっかかる。テーブルに置かれた水に手を伸ばし、聞いていない風を装いながらも耳は確実に彼らの方に向いていた。

「こういう喫茶店でゆっくりするのもいいよな」

「今日は彼女はいいの？」

「向こうも友達と会ってるから大丈夫。二人で住んでると、なかなか休みの日に友達との予定入れにくいんだよね」

「ああ、わかる」

パフェの男は深く同意をしながらスプーンの上にのせた溶けたアイスクリームを啜《すす》るように口に入れた。

「今の彼女とどれくらいだっけ？」

「二年かな。同棲も始めたし、仕事も安定してきたからこのままいけば結婚だけど、どうなんだろなーって」

「どうって？」

伸びをしていた男性はどうやら社会人らしい。結婚となると二十代半ばくらいだろうか。落ち着くためにここに来たのに、会話の行く末が気になり一息つくこともできない。

「結婚って簡単にできそうだけど、親に挨拶したりするのは大変そうだし。ほら、婚約指輪と結婚指輪って本当に渡す必要あるのかなとか考えるんだよね。SNSで見たからとか言って、信じられない値段の指輪に憧れるとか言い出すからヒヤヒヤしてる。どうしたらうまいところに収められるかなって」

「婚約指輪って渡しても使うのって一瞬だしな」

「そう。使わなくなるけど高い指輪も買うべきなのか、他のアイテムにした方がいいのかとかさ、考えるんだよなあ」

「決めるんだったら勢いじゃない？　俺は同棲解消した身だけど。彼女に一年一緒に暮らして何もないから未来が見えないって言われて別々に暮らし直してるし」

「え、今別々に住んでんの？　それってもう今の彼女とは結婚はないってこと？」

伸びをした男の言葉に心の中で私も前のめりになる。

「どうだろうね。正直わからないけど、一年別に暮らしてみてお互いにその気持ちがあればまた同棲再開、って感じかなあ」

同じ二年でこうも人生が違うのか。

「ホットコーヒーと、バタートーストです。トースト熱いから気をつけて」

角切りバターがトーストの上を華麗に滑っていく。通った後には艶やかな脂の線が生まれてはあっという間に消えていった。儚い足跡が私にだけ目撃される。甘く香ばしい小麦の香りに意識が持っていかれ、気がつけば隣の彼らの話題は同窓会が楽しみだといったものに変わっていた。同窓会、行ったことないなあと思いながらかじり付いたトーストは口の中で僅《わず》かにじゃりっとする。ああ、そうだ。ここのトーストはメニューに書かれていないけどシュガートーストなのだ。ざらりとした砂糖の食感はあっという間に溶けて、魅惑的な甘味に変化を遂げる。

同窓会のお誘いが来ても、母から行く必要がないと参加を禁じられている。どこの誰が来るのかもわからない場所に行くのは危ないと。どこの誰っていったって、全員同級生と先生なんだけど、と思うが、母いわく「同級生だからって全員がまともな仕事についてるとは限らない」ということらしい。そこで撮った写真や動画などが不本意な形でシェアされることもよくないと思っているようで、言い返す言葉のない私は同窓会のお知らせを見なかったことにするしかなかった。そう、生活の中でごく一般的、普通のことができなくてもそれは見なかったこと、知らなかったことにしてしまえばいいのだ。砂糖がかかっているトーストが当たり前になれば、私の中でトーストは砂糖がまぶされたものになるし、彼らのような恋人との時間を知らなければ、それがどれほどのものかわからず私が羨むことなどない。

昔から私だけの当たり前に囲まれて生きてきた。学校は行ける時だけ行けばいいし、必ずしも土日が休みではないこと。一人暮らしを始めても尚《なお》、仕事のスケジュールもお金のことも何から何まで母と共有すること。幼い頃から活動を始めた子は大抵そうだ。だからこういうものだと思って生きてきた私にはこれは普通で当たり前。逆に同世代はちょっと奔放すぎたり自由すぎたりで、規律がなくて心配になる。メンバーが飲みに行ったなどと話していると、勝手に不安になり吐き気がする。

トーストから溢れ出す砂糖とバターの甘さを口いっぱいに楽しんでから、苦いコーヒーで流し込む。そうしてぼーっとしている時間が私にとっての自由、なのか？　天井のランプがゆらゆらと揺れ、壁に映る影が前後に揺れている。

湯気のたつコーヒーの苦味が今も尚、口の中を支配している。ミルクをもらえばよかったと、毎回口にしてから後悔するのだ。

「結局さ、ＳＮＳとかもやってそうなのにやってない子がいいんだよな」

「意外性ね。ナナとかやってそうなのに全然更新しない」

「ああ、わかる。ナナ彼氏いるのかな？」

「さあ。載せそうだけど、載せないからな、きっと」

あいつモテたから、と言いながら、二人組は伝票を掴んで席を立った。背後から店長の気怠《けだる》いた「ありがとうございました」が聞こえてくる。パフェはアイスが溶けた状態で置き去りにされていた。水分を吸ってふやけたコーンフレークがグラスの内側にべとりと張り付き身動きが取れず息苦しそうだった。

程よくざわついた店内で一人なのは私だけ。みんな誰かと待ち合わせをしたり、共に過ごす時間を楽しんでいる。さっき事務所で受け取った手紙をもう一度見ようとカバンを探ると、スマホ画面に通知が表示されている。母だろうか。

「おはよう。来年の舞台の脚本の大詰めで、文字に追われる毎日です。ももはあれからどうですか？」

送り主は野上さん。あれからどうだと言われても、あれからもなにも、どうだと聞かれても、ご覧の通りですと投げやりになりたくなる。私の活動を見たらわかるだろう。

いつもなんと返事をすべきかわからず、今日もそっとスマホの電源を落として冷めはじめたトーストにかじり付いた。口の周りに付くバターとじゃりじゃりした砂糖の粒が今度は煩わしい。

人生の分岐点は振り返ってみないとわからないというけれど、こんなことになるのなら魅力的な甘いパンには手を伸ばさない方がよかった。だって甘さは刹那的で、結局最後は甘美な幸せを苦いコーヒーで流し去るのだから。

「スピンズのニューシングル『arrive』は七月三十一日発売です。みなさん、よろしくお願いします」

この言葉を今日は何回発しただろうか。新曲の発売に向けたプロモーションが始まり、一日中スタジオに缶詰で撮影をしている。たくさんの媒体に配るためのものだから、先ほどから「○○をご覧のみなさん、スピンズです」という挨拶の部分だけを変えて延々とこの文言を繰り返していた。真ん中に立っているみきちゃんはいつも以上に笑顔が多い。彼女が着ている衣装は様々な色を組み合わせたカラフルなワンピース。胸のところにつけられた大きなエンブレムは、ラインストーンで縁取られ、照明が当たると誰よりも輝くようになっていた。フィッシュテールが印象的なスカート部分には、彼女がターンするだけで小鳥が楽しく歌い出したかのような可愛らしさと羽のような軽やかさがある。みきちゃん以外は、赤、青、緑、黄色などと色分けされた衣装だ。私の衣装はピンクで、内側につけられたスカートのボリューム出しのためのチュールが動く度にももに擦れて痛い。休憩中にめくってみると、太ももがうっすらかぶれていた。

衣装合わせの時に、チュールが擦れて痛いと伝えたけれど、どうやら今日までに調整は間に合わなかったらしい。

今回の撮影の序列は二列目の端。みきちゃんを真ん中にして前三人、後ろに四人、その中で私が端にいた方が全体のバランスがいいからとマネージャーは言っていたけれど、遠回しに慰められているようにも感じて惨めな気持ちが増した。

「ももちゃん、心ちゃんの陰で顔が隠れてるからもう一歩外へ」

「わかりました」

子役の時は自分の立ち位置なんて気にしたことがなかったのに、アイドルになってやたら自分がどこに立つのか、全体の何番目なのか気になるようになった。お芝居をして、ニコニコ笑っていれば褒めてもらえたあのころが懐かしい。

みきちゃんはドラマのための個別取材があるため、一人だけ途中で別のスタジオに抜けて行った。取材の後は宣伝のためにバラエティに出て、明日も早朝からドラマの撮影らしい。舞台と違ってドラマは時間が不規則だ。私の舞台稽古の時はマネージャーがついてくることはほとんどなかったのに、みきちゃんの現場にはマネージャーが一人ベタ付きで、そこに関しては私以外のメンバーも不満を感じはじめていた。

「最近連絡遅くて困るよね」

「今日の取材のタイムスケジュールも昨日の夜中に来たよね」

十四時。遅めのランチ休憩でカオマンガイを目の前に不満を漏らす心の顎下には、小さなニキビがいくつもできている。不満の波は私を飲み込み、彼女の方へと連れていく。心はもう一度、不満の波を起こすために息を吸った。

「みきちゃんは、一昨日《おととい》には聞いてたらしいよ。今日のスケジュール。みきちゃんに言うんだったら私たちにも伝えられるよね」

もっともな意見だと思いながらも、これ以上流されてはいけないと自分を踏み止《とど》める。カオマンガイの鶏肉は時間が経ってパサついている。本格志向なのか米はタイ米で、口の中でもそもそしているのをどうにか飲み込んだ。

「現場で一緒だから伝えやすかったのかもしれないね」

「だとしてもさ。連絡来るまで眠れないこっちの気持ちも考えて欲しくない？　二十三時に明日は六時出発ですとか言われても、もっと早くに時間がわかってたら撮影のために早く眠れたし、気持ちにも余裕がもてたじゃん」

「それはそうだね」

実際、私もなかなか来ない連絡にヤキモキしながらタオルだけを回した洗濯機を眺めていた。気がつけば目を閉じていて、私が連絡のメールを確認できたのは夜中の二時だった。マネージャーもみきちゃんにつきっきりで疲れているのだろう。きっと現場で慣れないことや、向こうのスケジュールにも振り回されているのかもしれない。そんな中で、一緒に振り回されているみきちゃんのことを気遣い、テンションを下げないようにするのはなかなか骨が折れる仕事だ。状況を考えれば責めることは憚《はばか》られる。

活動が長くなってくるとそれぞれの個人の仕事も増えてくる。私たちはもうすぐデビューして五年になる。今も変わらずチーフマネージャーと現場マネージャーの二人体制で私たち七人を回しているが、ひとりがみきちゃんにつきっきりとなると他が手薄になるのはわかりきったことだ。残された私たちにも不満は溜まってくる。

「この間のテレビの収録、私とりかちゃんの二人で行ったんだよ」

心は不満げに爪をいじりながら口にした。

「別に自分たちで行けなくはないけど、初めての番組だったから来て欲しかったなーって」

「いてくれた方が安心だよね」

「本当に。りかちゃんがしっかりしてるから大丈夫だったけど、テレビって急に話すこと変更になったりするから、心とりかちゃんでマネージャーに電話して確認したんだよ。衣装も自分たちで運ぶし、もう大変！」

「それは大変だったね」

「まあ、大丈夫だったからいいけどさ、このままずっと二人体制でいくのかな」

それは難しいんじゃない？　と隣に腰を下ろした由紀子《ゆきこ》が温かい紅茶を手に呟いた。うっすらと上る湯気は瞬く間に空気中に紛れて見えなくなっていく。

「ご飯は？」

「ガパオライス食べた」

私もそっちにすればよかった。タイ米は口の中でモゴついて食感が悪い。

「もうすでに回らなくなってきてるよ。ももちゃんが舞台のお稽古行ってた時は、マネージャーはついていかなくていいことが多かったからどうにかなってたけど、今回のドラマみたいにつきっきりが続くんだったら、もう一人増やして欲しいと私は思うよ。みんな個人の仕事も増えてきてるんだし」

黒髪のショートカットが印象的な由紀子はグループ内でも一番背が高くスタイルがいい。彼女は今、持ち前の手足の長さを生かして女性誌の専属モデルとして活躍し始めている。中性的なヴィジュアルは男女共に受けがよく、グループ内で一番女の子からの人気があるのは由紀子だ。

「ずっとこうじゃないにしてもね」

心は由紀子の言葉に同調し大きなため息をついた。不満を口にしてもどうすることもできない私たちの間には沈黙しか生まれない。文句を言いたくなる口を塞ぐために食べたくもないカオマンガイを口に詰め込んだ。

あの舞台降板から二年。グループとしては結果を残せてきているけど、私にも、私たちにも変化の時がやってきているのかもしれない。

『今度はドラマの主題歌だってね。MVも見たよ。みんな可愛かった』

『ありがとう』

『ももちゃんが全然映らないのはもったいないよ。大人たちもいつまで引きずってるんだって感じだよね』

『笑。私は一応元気なんだけどね。まあ、しょうがない』

『まだ万全ではない？』

『時々体調崩しちゃうことがあるから』

『そう』

『だからみんな二の足を踏むのかなって。あと、仕事したいと言われてもオファーがないとさせられないよとも言われた』

『ももちゃんなら、絶対あると思うけどなあ』

『こういう時はじっと待つに限るよ。今までもそうだったから。全部タイミングの問題、って今は思うようにしてる』

『そうやって言い聞かせるのはよくないよ。自分に正直にならないと、苦しくなる』

『さらさは？　最近どう？』

『私は楽しくやってるよ。来月一回日本に帰るけど、またしばらくしたらイギリスに戻る』

『楽しそうでよかった』

最後に『連絡ありがとう』と打ってベッドの横にスマホを伏せた。後は寝るだけだけれど、目を閉じても明日の何もない一日をどう過ごすべきか不安が押し寄せてくる。仕事が完全にないわけではない。けれど、圧倒的に他のメンバーに比べて少ないのは事実だ。ドラマが決まったみきちゃん。専属モデルとして活躍する由紀子。バラエティに呼ばれ始めた心とりかちゃん。ラジオパーソナリティーとして人気に火が付いた明里《あかり》。インテリアイドルとして注目を集めている翔子《しょうこ》。みんなにそれぞれの仕事がある。私は……一体どんな子なんだろう。私の取り柄は一体なんだ。考えても芝居しか出てこない。でも、芝居という自由に泳げるはずの海は干上がっている。

私に与えられたのはアイドルのステージという水槽。潜ればいつだって人の目がこちらを見ている。水族館の水槽に漂う魚のように常に見られ、時には笑われ、フラッシュをたかれる。眩しくても、嫌でも、声をあげようがない。だって水中で発する言葉は泡になって消えていく。

マネージャーに「最近の休みに何をしていたか」と素行調査をされた。私はこんな映画を見たとか、こんな本を読んだとか、誰でも言える話しかできない。他の子のように会う友達もいない。

空いた時間をどう使うかもタレントとして大切なことだけれど、それどころではなく、この不安感に押しつぶされそうになっている自分がいる。休みに何もしていないことを責められているのではと考えすぎる自分もいる。

辞めてしまったさらさのことは気になっていたが、ずっと連絡が取れないままだった。けれど私が舞台を降板した時、彼女の方から連絡が来たのだ。体調を気遣ってくれる文面と共に今はイギリスに語学留学をしているという報告が添えられていた。そこから定期的に連絡を取るようになったけれど、他のメンバーとはもう連絡は取っていないようだった。

しばらく目を閉じても耳の中が妙にうるさくて眠りにつけそうにない。一度潜り込んだベッドから抜けだし、冷蔵庫から牛乳を取り出すと明日で賞味期限が切れるところだ。振って残量を確認すると、あと半分くらいは残っている。ブルーの大きめのマグカップに注ぎ込みレンジで温めた。眠りにつきやすくなると信じて、どこか祈るようにレンジの中を見つめる。低い駆動音を聞くと安心した。体に響くような音が私は好きなのだ。洗濯機の音も、静かな中で響く冷蔵庫の音も、何かを温めている時の電子レンジの音も。

温まった牛乳に砂糖を大さじ一杯入れて丁寧にかき混ぜる。どうか眠れますように。眠ったままできれば昼過ぎまで目が覚めなければいいのにとさえ思う。起きてしまうのが嫌で、睡眠導入剤に手を出したが、眠りにつきやすくなるだけで結局朝はやってくる。

以前は貴重な休みだからこそ朝から自分の時間として使っていたのに、休みばかりになれば持て余した時間に向き合うことが苦しくなる。眠っている時はその苦しさから解放されて何も感じない。だからずっと目を閉じて世界から離れていたい。

こんなこと前は考えなかったのに。

柔らかなビーズクッションに腰を下ろし、ホットミルクに口をつける。ふわりとミルクと砂糖の甘さが広がり、胃のあたりがぼんやりと温かくなる。荒《すさ》んだ気持ちが僅かに紛れた。

目の前にある白のローテーブルにマグカップを置き、テレビボードの下から手紙の束を取り出した。封筒はどれも白色で、綺麗な模様が描かれたりエンボス加工がされていたりと美しい。そこから赤のシーリングスタンプで封がされた一つを選んで便箋を取り出した。几帳面《きちょうめん》な字で、必ずももさんへという書き出しで始まり、送り主の近況などが書かれているが、差出人の名は書かれていない。一体誰が送ってくれたのかわからないけれど、私に定期的に手紙をくれる大切なファンだ。いや、いまや私がこの人のファンなのかもしれない。送られてくる手紙を心待ちにし、手紙の中の人を応援している。

送り主はスピンズに出会ったことがきっかけで芸能の仕事に携わりたいと思うようになったそうだ。大学に通いながら、今は放送作家の勉強を独学で始めているらしい。最近はラジオ番組の作家アシスタントにつけたらしく、いつか自分でラジオを担当してあなたの人間性をもっと多くの人に知ってもらいたいと熱弁してくれたこともあった。

「いつかももさんが口にした、『立ち止まっても、そこから一歩進めばそれが新しいスタートになる』。これが自分を支えてくれている言葉になっています」

この間もらった手紙にはこう書いてあった。そんなこと言っただろうかと思いながら、なかなかいいこと言うじゃないかとちょっとだけ自分を褒めた。私も、これから一歩踏み出したらそれは新しいスタートになるだろうか。何か、変わらないと、切り拓《ひら》かないといけない気がする。

今日も喫茶店はそこそこに賑わっていて、店長は気怠そうにコーヒーを淹《い》れている。もはや気怠そうなのではなく、これが彼女の通常のテンションに思えてきた。長い髪を一つに結い、マスカラだけ塗った薄い化粧。白のシャツに赤いエプロンが映えているが、時折腰で結んだリボンが解けてしまい、その度に店長は煩わしそうに縛り直している。

「今日は？」

「カフェラテのホットで」

「大丈夫？」

急にかけられた声に言葉が詰まる。心配されるほど私の顔には不安の色が出ていただろうか。それとも、寝不足が顔に出ているのか。昨日はホットミルクを飲んでも結局眠れないまま朝になってしまった。頭の中を様々な不安要素が駆け巡り、言葉が喉のところで玉突き事故を起こしている。

「外、暑いでしょ。今日」

「え？」

「ニュースで夏日になるって言っていたから。ホットじゃ暑くない？　って」

言葉の意味がわかり、追突していた言葉たちがするすると喉の奥へ落ちていく。頰が火照るのを感じながら、私は首を横に振った。

「ホットで大丈夫です。いつもカップが可愛いから、それを楽しみにしていて」

「そう。じゃあ、ホットラテ一つね」

速くなりすぎた鼓動を落ち着けるように、テーブルに置かれた水を飲み干した。

昨夜、眠れないあまりに自分が出られなかった舞台の本番映像を見てしまったのだ。時々、自分を戒めるようにディスクを取り出し、暗い部屋の中で膝を抱えて見てしまう。私もここに立っていたはずなのに。そう思うのに、マル子さんの芝居には、私だったらこうするのにという思いが湧いてこない。限りなく私が考えていた千夏に近く、でも私より優れ、繊細で、人を惹きつけることができる役作りがなされている。

年齢も、見た目も全く違う女性だ。まさか本当に彼女に役を取って代わられるなんて思っていなかった。無意識に自分の若さと容姿に驕《おご》りがあった。若いから千夏ができる、誰よりもヒロイン顔だから千夏ができる、そう信じていた。だからこそ足りていない舞台の演技力をさらに高めなければと果敢に役に食らいついていたけれど、今となっては苦い人生の一瞬になってしまった。

台詞は今でも全部言える。動きだって覚えている。明日にでも幕が開くと言われたって、私は千夏を演じることができるのだ。外に出してあげられなかった彼女は、物語の中で屋敷から出られなかったように心の牢獄に閉じ込められたままになっている。

でも、世間の千夏の正解はマル子さんなのだ。だから彼女が評価され、今目一杯にスポットライトを浴びている。一瞬にして役を憑依させられるのは彼女の才能だ。映像を見ても、そこに映っているのは十代の若々しい女の子。舞台上を元気に走り回り、全身で悲しみや喜びを表現している。見た人は彼女の愛嬌の虜《とりこ》になることだろう。

映像が終わった後も、野上さんからのダメ出しをメモしたノートや、台本を開いてしまう。眠れない夜はこんなことばかりしている。だから眠れないのだとわかっているけれど、悔しさの中に身を沈めれば痛みが体中をおおい、ひとときでも不安から解き放たれる。痛みには痛みを。なんの解決にもなっていないとわかりながら、私はずっと立ち止まったままでいるのに、マル子さんはその間も活躍し続けている。あの舞台までは、私の方が活躍していたはずなのに……まるで人生が入れ替わったみたいだ。

「ホットラテ、どうぞ。あと、お水ね。熱いから気をつけて」

店長は私の前にそっとカップを置いた。黄色い花が印象的な綺麗なカップ。そっと手を添えると、じわりと熱が伝わり皮膚が僅かに痛んだ。確かにまだ飲むには熱すぎるかもしれない。スプーンでかき混ぜたミルクベージュの中でくるくると回り続ける小さな泡の粒を眺めながら、私の思考は奥深くへ潜っていった。


「ももちゃん宛の手紙」

定期ライブの終わりにマネージャーが手紙を何通か手渡してきた。他のメンバーのものは私の倍はあるだろうか。急いで受け取り差出人を確認する。いつもの真っ白な封筒が何通か。そのうちの一つを取り出して開いて見ると、やっぱり差出人の名のない、いつもの人からの手紙だった。

「ももさんは最近本を読んだり映画を見ましたか？　久しぶりに休みの日に映画を見に行ったら思いのほか面白く、来週もう一度見に行こうか考えています」

と書かれていた。なんでもない休日の、なんでもない一片を私に共有してくれるこの人は、日々の些細な変化を感じ、それを幸せと思えているのだろう。そんな心穏やかな休日を過ごしたのはいつだっただろうか。今はもう何を見ても心が押しつぶされそうで苦しくてしょうがないのだ。手紙を封筒に戻し、そっとカバンの中のクリアファイルに仕舞い込んだ。

ドラマの撮影が佳境に差し掛かっているのか、みきちゃんの疲労はピークに達しているようだ。

今日のライブも途中から体が重そうで、アンコールの前はステージ袖でぐったりしていた。翔子が気遣って首に氷嚢《ひょうのう》をあてクールダウンをしてあげていたし、明里はみきちゃんのそばでスポーツドリンクを持っていつでも飲めるようにしてあげていた。そんな中でもアンコールに出るためにヘアメイクがなおされていく。他のメンバーもみきちゃんがMCで話せない場合は自分たちがサポートしなければと、台本を見ながら文言の振り分けをしていた。

それでもみきちゃんはステージに戻れば笑顔で飛び跳ねていた。潑剌とした笑顔を横目で見ながら、若さとはタフさだなと感じつつも、私も世間的にはまだ若い方なのかと自分を戒める。ライブの終盤では息が上がって足が上手く上がらなくなってくるのだ。私よりみきちゃんの方が大変なのに、どうして私の体はいつまで経ってもいうことを聞いてくれないのだろう。

どうにも自分を下げる癖がついて腹が立つ。何をしても、何を見ても、ひねた思考に囚われて、素直に喜ぶことができない。誰かと自分を比べ、私に手を差し伸べる人がいないのは私がなんにもできてないからだと落ち込んでばかりいる。

「みきちゃん、大丈夫？」

終演後、机に突っ伏すようにぐったりとしている彼女に冷たいタオルを差し出した。彼女はそれを細い腕で受け取りありがとうと力なく微笑む。

「無理しちゃダメだよ」

弱っている姿を見るとベッドから動くことができなかった自分を重ねてしまう。彼女が今倒れてしまうことはあってはいけないことだ。

「撮影も後少しだから。それが終わるまではライブもないしね」

小さくVサインを作って見せても、覇気のない笑顔に変わりはない。みきちゃんの骨張った背中に手を置いてゆっくりと撫でる。明日は撮影かと尋ねると、首を横に振った。

「オレンジジュース、寝る前に飲んでみて。疲労回復にいいから。明日はゆっくり休めるといいね」

移動の車が到着するまで眠っていなと促すと、みきちゃんは小さな体をさらに小さく丸めて寝息を立て始めた。

「チーフ」

スタッフ控室にいるチーフマネージャーに声をかけると、彼はパソコンの画面から顔をあげた。

普段はスーツを着ているけれど、今日はライブだったから黒のスタッフTシャツを着ている。XLでもキツそうで、袖口には隙間がなかった。

「どうした？」

「みきちゃん、かなり疲れが溜まってるみたいで。今楽屋で寝てます」

「そうか。最近ずっと忙しかったからな」

「今のドラマが終わったらゆっくりできそうなんですか？」

「みきはまだ忙しいんだよ。現場での芝居の評判もよくてさ、次は学園物の映画の話が決まって、終わり次第クランクインだね」

あのままじゃ倒れます、チーフの目を真っ直ぐに見て伝えた。みきちゃんには私と同じことになって欲しくない。ドラマの出演が決まったことをきっかけに改めてグループにも注目が集まっている。今彼女が倒れたら、グループも共倒れになりかねない。

「それはさ、みきへの嫉妬？」

「え？」

「みきの仕事をセーブさせることは難しいよ。そりゃ倒れてもらったら困るけど。ももの時も大変だったんだから。各所に謝りに行ったりして」

「……私はみきちゃんの心配をしてるんです」

「だから、それが嫉妬だろってこと。自分みたいにならないようにって言って予防線を張って、みきから仕事を取ろうとしてる」

「そんなつもりありません」

「ももはさ、いい加減子役だった時の自分へのプライドを捨てないとダメだよ」

彼はもう話すことはないとでも言いたげに視線をパソコンに戻した。私は歯を食いしばりながらお辞儀をして部屋を後にした。爪はもう割れていないのに、みょうに薬指が気になる。触っても触っても、引っかかりはない。痛みをよりかからせるものが今の私にはどこにもない。溢れそうな涙を必死に堪える。もうみっともなく泣くなんてことはしない。だって私は大人なのだから。倒れそうなみきちゃんを守りたいだけなのに、その思いを無下にされたこと、自分のこれまでを踏み躙《にじ》られたことに悔しさよりも憤りが大きくなっていく。

どうしてここにいるんだろう。

怒りが収まらぬまま、夜が明けてしまった。はっきりしない意識と昨日のライブの疲れが残った体を引きずるようにしていつもの喫茶店へ足を運んでいた。メイクを落とさずに一晩過ごしてしまった顔は、アイラインが滲み、マスカラも涙袋を薄黒く染めている。目の周りは真っ黒なのに、唇の色はどこかへ消えてしまった。アップスタイルにしていた髪は解いてブラシを通しただけで、スプレーによる軋《きし》みが髪に残りパサついている。寝起きの方がまだマシなスタイルかもしれない。

店の前にはすでに看板が置かれていた。

「眠っていたら顔の上をゴキブリがはっていました。今日は気分が悪いです。（店内は清潔ですのでご安心ください）」

と書いてあり、あの気怠そうな店長がゴキブリに慌てている姿を思い浮かべたら、可愛らしくて笑みがこぼれていた。いつものようにスマホのカメラで看板を撮ろうとすると、おはようございます、と背後から声がして、振り返るとそこにはいつも通りの気怠そうな店長がいた。いつもと違うのは長い髪を下ろしたままにして、赤いエプロンをしていないということだった。

「店、開けますね」

「あ、すみません」

彼女は店のドアを開けてどうぞと中へ通してくれる。

まだ誰もいない店内は不思議な空間で、いつも漂っているコーヒーの濃い香りも今はない。

「最近ほんとよく来るよね」

それが自分に向けられている言葉だと気がつくのにやや時間がかかった。

「ここにいると落ち着くんです」

「そうか。今日は何がいい？　特別大サービスで常連さんにご馳走《ちそう》してあげる」

突然の出来事に戸惑っていると、いいからとメニューを渡され注文を促される。彼女は私がメニューに目を落とすのを確認すると開店準備を始めた。低く唸る音にチリチリと硬いものがぶつかる高い音が響き、次第にコーヒー豆の香ばしい香りが充満し鼻をくすぐる。

「じゃあ、ピザトーストと、ブラックコーヒーを」

「いいね。私も同じものを食べよう」

シンクで手を洗い、慣れた手つきでカウンターの奥にある業務用の冷蔵庫からタッパーをいくつか取り出してくる。食パンを二枚まな板の上にのせると、市販のピザソースをたっぷりと塗り、食材ごとに分かれたタッパーから薄切りの玉ねぎ、輪切りのピーマンをパラパラとまぶすようにのせていく。

「ベーコンとソーセージどっちがいい？」

「選べるんでしたっけ？」

「そう。私のおすすめはソーセージ。食べ応えがあるよ」

「じゃあ、ソーセージで」

分厚く切られたソーセージ、そのあとを追うようにたっぷりのピザ用チーズがのせられた。ちょっとした丘くらい盛られたチーズに一瞬尻込みしそうになるが、熱々のピザトーストにとろけていくチーズは欠かせない。

店長がトースターのつまみをぐいっと回すと、次第に香ばしいピザトーストの香りが店中に漂い始めた。彼女は挽《ひ》き立ての豆でドリップコーヒーを淹れていく。注《つ》ぎ口の細いケトルからお湯を注いでいる店長が時折こちらを気にしている視線を感じた。

「あの、何か」

「わかるよ」

彼女は少し言いにくそうに、でも彼女ができる精一杯と思われる温かな眼差しで私を見つめ、と言う。私と彼女の会話にはいつもラグがある。彼女の言葉の本意を理解するのに私の頭はフル回転だ。

「辛いよね」

確かに今の私は辛い状況に陥っている。身も心もズタズタだ。

「なんか自分を見てるみたいだなと思ってほうっておけなくて。本当によくわかる。大丈夫？目を冷やすための保冷剤とかいる？」

店長もこんな惨めで苦しい状況になったことがあったのだろうか。

「ありがとうございます」

「辛いよね、失恋」

「……え？」

「え?」

「……いや」

「してないの? 失恋」

「……はい」

店長の言葉が斜め上すぎて、ここ最近で一番しっかりした太い声が出た。

彼女はそんなわけはないと目を瞬《しばた》かせ、いや、でもさ、と言葉を続けようとしている。

「泣き腫らした目をしてるし、メイクも髪も崩れてるからてっきり失恋して自暴自棄なのかと思って……」

「大変申し訳ないです。自暴自棄なのは合ってるんですが、失恋はしてないです」

「そうか。いつもカップル客のことを羨ましげな目で見ていたから、てっきり彼氏とか、好きな人とうまくいってないのかなとか思ってた。うわ、恥ずかしい。勘違いもいいところじゃん」

ドリップフィルターから滴り落ちていくコーヒーの向こう側で、彼女は厨房《ちゆうぼう》の床にしゃがみ込んでしまった。カウンターから身を乗り出して声をかけようとすると、彼女は小さな声で恥ずかしい恥ずかしいと呟いている。

「あの……やっぱり失恋、したのかもしれません」

「いや、無理しなくていいよ」

「仕事に失恋したんです」

ドリップフィルターの中のコーヒーは全て落ち切った。店内に漂うコーヒーとピザトーストの匂いは無条件に胃袋を刺激する。

「ずっと頑張ってきた仕事に対して失恋しました。私はうまくやれてると思ってたんですけど、はたから見ればそれはしがみついてるだけでしかなくて、みっともない姿をずっと晒《さら》していたんだなって。そんな人のこと誰も好きにならない。概念的な、大失恋をしました」

目の前に出されたピザトーストはチーズがジゥジゥと音をたてるほど熱々で、溶けだしたチーズの向こう側にうっすらと具がのぞいている。

「熱いから気をつけて」

「いつも言ってくれますよね。熱いから気をつけてって」

「そうだっけ？」

「はい。飲み物も、食べ物も、外の気温のことまで考えて、熱いから気をつけてって。店長さんのそのさりげない優しさが好きでここに来てるんです。いつだって自然体で、無理をしていないところが私にとって救いなんです」

「それはありがとう」

まずは冷める前に食べようか。促された私はチーズの海をナイフで泳ぐように切り分ける。手で持つには多すぎるチーズたっぷりのピザトーストをフォークに刺しチーズを落とさないように慎重に口に運ぶ。とろりとした濃厚なチーズが喉を流れていく。目の覚めるようなピザソースの酸味。ソーセージはガブリとかぶり付けばじゅわりと脂が飛び出し味にワイルドさが加わって、その後にやってくるざくりとしたトーストの食感もたまらない。もう一口、もう一口と熱々を頬張っていると、あっという間に半分を食べ切ってしまった。あまりの美味しさにため息が漏れる。

「食べてる人を見ると幸せな気持ちになるよね」

「店長さんの作る料理が美味しいからです」

「ご飯はね、食べる人が美味しくするんだよ」

淹れたてのコーヒーをちょっぴり慎重に飲みながら、店長は口の端をちょいちょいっと触ってみせた。指で自分の口の端を拭ってみると赤いソースが付いていた。

「気持ちが落ち込んでいても、ご飯が食べられたらまだ頑張れる証拠。受け入れる心の余裕と、元気になりたい気持ちがあるから美味しいって思える。心が食べ物に味をつけるんだよ」

「なんだかさっきより元気になってきました」

「私はカウンターの中から見守ってるんだ。気持ちを頑張って持ち上げようとしている人たちのちょっとした力になれたらいいなって」

店長の顔を見ると、彼女の口にもピザソースが付いていた。

「付いてますよ」

さっきの動きを真似てみせると、彼女は恥ずかしそうにナプキンで口の端を拭ってみせた。

「もっと気難しい人かと思ってました」

「私が？」

「はい。いつもちょっとぶっきらぼうっていうか。でもその距離感が心地よくて」

彼女は大きな口を開け上を向いて豪快に笑った。今度は目尻に浮かんだ涙を指で拭い、嬉しそうに微笑んでいる。

「やっぱり私ってぶっきらぼうか」

「……気分悪くされましたか？」

「いや。それも私だし。実際愛想はいい方じゃないしね」

ピザトーストが冷めちゃう前に食べちゃおうと、それから残りを食べ切るまで私たちは無言のまま口を動かし続けた。少し冷めてもまだ美味しいピザトーストを噛む度に、嫌なことが泡になってひとつずつはじけていく。

「いつでもおいで」

そう店先で私を見送ってくれた彼女の淹れてくれたコーヒーの後味は、すっきりとしていた。

一通のメールが届いた。スケジュールの更新だろうかと開くと、新しい仕事の話。そこには「ドラマ撮影の日程について」と書かれていた。

私たちスピンズが、みきちゃんが出演する例のドラマに出ることになった。

ドラマは寂れた商店街を盛り上げるため、ダンス初心者のさえない主婦たちがダンスでの町おこしに奮闘する物語。台本のデータをスワイプしていくと、主演の欄にはマル子さんの名前が書かれていた。

最終話

カット・イン／カット・アウト

「カット！」

その声と共に全身の力がいっぺんに抜ける。今のカットには力が込められていたから、おそらくOKテイクだろう。

「シーン25。OKです」

助監督の西《にし》くんの言葉に応えるように少し気怠げなスタッフたちの返事が現場から聞こえてくる。私たち俳優部もそそくさと次のシーンの準備に取り掛かる。まあ準備と言っても台詞はもう入っているので、することといえば衣装を替えたりメイクを直してもらったりするくらい。

映像の現場は凄い。自分で直さなくても、メイクさんがよれたメイクを全部直してくれる。カットの度にささっと目の前に来てくれて、細かな髪の乱れ、一筋の髪の毛だって見逃さない。

昔出演した舞台の時はカツラをかぶる以外は自分でヘアメイクをすることがほとんどだった。本番中、袖にはけても自主的にメイクを直すことなんてめったになかったが、それが今はどうだ。保湿のリップを塗るのだって人がしてくれるようになった。映像の世界は舞台の世界とは違うことが多すぎる。

「マル子さん」

「はい」

「次のシーンなんですけど、ちょっとだけダンスを入れられたらと思うんです。どうでしょう？」

「練習をしているイメージですか？」

「そうです。来《きた》る本番に向けて、どんな時も隙があれば練習しているって感じを出したくて」

「それは私も考えていたことなので是非。入れられるところがあればこれからもやってみるようにしますね」

「ありがとうございます」

今回のドラマ『ブギウギ☆ダンス』のメイン監督である佐々木《ささき》監督は、演技に対するリクエストが的確で本当に助かっている。舞台畑からきた人として呼ばれる現場は無茶振りが多く、最初は戸惑うことが多かった。現場に行くと「何かしてください」なんて雑なリクエストをされることもザラだった。何かしろと言うんだったら、役の情報をもっとくれないと無理だぞと思いながらも、脇役の私は相手の俳優さんの呼吸を読みながらシーンの邪魔にならない程度のアドリブを挟んだりしてその場を凌《しの》いだ。求められるものが他とはちょっと違う、それが私の映像の世界でのポジションなんだと思い知った。

舞台だ、映像だと比べるのはよくないとは思っている。だってどちらの世界も関わる人たちが心血を注いで作品を作ることに邁進《まいしん》しているから。私はどこに行ったって作品を作るための部品にすぎない。いろんなところから声をかけてもらっても、それは私が凄いとか、えらいとか、そんなことじゃなく、その作品に必要な登場人物がいて、それを演じる人が必要不可欠だから私が呼ばれているだけなんだ。

小劇場作品に出ていた時代は、演出家が絶対だった。パワーバランスのピラミッドの頂点に君臨する演出家は王様のような振る舞いで、私たち演者の芝居に難癖をつけてくる。「俺の演出全く理解していない」、「才能がないからやめちまえ」、そんな聞くに堪えない言葉を投げつけられながらも、あの時の私や仲間たちは板の上に立てる貴重な機会に必死にしがみつき、稽古終わりの飲みの席で愚痴をこぼすことで心のバランスをとっていた。

そんな過去が嘘みたいにプライムタイムのドラマの現場では俳優部は手厚く扱われ、もてはやされる。それでも本質は変わらない。私たちはただの部品のひとつ。私たちは一人じゃ何もできやしない。あの時の演出家に言われた「俺がいないとお前らは何にもできないんだからな」という暴論は、暴論ではなく真実だった。監督がいて、脚本があって、役をあてがってもらって、そこで初めて私たち俳優は作品の中で生きるための切符を手に入れられる。

ヘアメイクをし、衣装を身に纏うのは、さながらドレスコードとでも言うんだろうか。作品の中に入るための必要不可欠なドレスコード。そして、さまざまなスタッフの助けがあって初めてレンズの中に記録してもらえる。作品を見た母が「綺麗にお化粧してもらって凄いのね。あなたがドラマで着ていたワンピース、調べたら五万円もしてびっくりしたわ。お母さんには縁がないからうらやましいわ」と感想を送ってくるが、俳優部は凄くもないし、えらくもなんともない。衣装も役も全て借り物だ。

私が売れるようになってから、母は私の出演している作品を慣れないスマホで調べ、ハードデイスクに録画しているようだった。毎度届く感想の連絡に私は返事をしない。「もっと有意義なことをしなさい」と役者を目指すことへの道を断とうとした人が、今更私の活躍を喜んでくれたって嬉しくもなんともない。自分の娘が誇らしいと彼女は壁打ちの連絡をよこすが、着飾って、スポットライトの当たる場所にいる私を母は誇らしく感じているだけで、また地下に潜れば見向きもしなくなるだろう。

私はあなたの娘であるが、たまたまあなたから生まれてきただけで、私が手にした芝居技術も経験も、あなたからは何も教えられていない。全て私が自分で手に入れ積み上げてきたものだ。それを自分のことのように喜ぶ母を想像する度に頭が痛くなる。娘の活躍を宝石のようにぶら下げ、他人に見せびらかし、鼻を高くしているに違いない。

「マル子さん、お水飲みますか？」

現場にいつもついてくれているアゲハくんは、本当に真面目でいい子だ。私に息子がいたら、なんて思うにしては年齢も体も随分大きい人だけれど、気持ち的には息子ができたような気分にさせてくれる彼を私は信頼しているのだと思う。

「大丈夫。ありがとう」

「今日はまだ長いんで、必要なものとかあれば言ってくださいね」

舞台に出ていた時は現場にマネージャーがいるなんてことも本当に稀だった。稽古の初日と、本番の初日くらいじゃないだろうか。所属した時点で年齢の高かった私は、売れているわけでもなく、年にいくつかの舞台をこなすだけの俳優で、事務所の人間とは最も距離が遠い存在だと感じていた。だからまさか自分がこんな風に事務所の人間と親密な関係を築くようになるなんて、誰が想像しただろうか。少なくとも私はしていなかった。

波に飲まれるようにここまで来てしまったのだ。否、確かに高みを目指していたけれど、本当にそうしたかったのかはまた別な気がしている。満ちていく潮に身を任せれば、そのうち引き潮がやってくるだろう。私はあれからずっと、自分が乗ってしまった潮目を気にし続けている。

ドラマの主演を引き受けたのは世話になった社長のためだとアゲハくんには伝えた。彼は最後まで「今無理をしてやらなくてもいいと思います」と意見をくれていた。主演した作品の結果がふるわなければそこでこの波も終わってしまうかもしれない。彼は私を大切に思ってくれているからこそ、引き潮を迎えるのを遅らせたいと感じているのだ。

でも、今この波に乗って泳がなければいけない理由が、私にはある。

私が私のままでいられる空間はもう自宅だけかもしれない。一人で暮らすにはちょうどいいサイズの部屋は昔からずっと変わらない。きっとこの先もこの家に住み続けて一生を終えるのだろうとさえ感じる。いっそ、売れて手にしたお金を注ぎ込んでこの部屋を買ってしまいたくなるほどだ。お金を使うところなんてどこにもないから、私が私らしくいられる場所を本当の意味で自分のものにしたい。

目が覚めると聞こえてくる街の音、隣の家から漂ってくる魚が焼ける朝の香ばしいにおい。食材を買い足しに行くスーパーでは目を瞑っていたって欲しいものがどこにあるか手にとるようにわかる。時間があれば自分で食事を作り、もう何年使っているかわからない、体に馴染みきった寝具に身を委ね、毎日眠りの中に落ちる。煌びやかなものは何もない。なんてことない平凡がずっとそばにある。私に必要な平凡さ。別に煌びやかな世界が羨ましくてこの道を選んだわけじゃない。

「ただいま」

荷物の入ったトートバッグを下ろし、肩を回した。撮影中は緊張が続くからか体が硬くなってしょうがない。舞台が中心だった時は、稽古場に行くためにきちんと歩いていたけれど、今は車の移動も多くなって、歩いているより撮影中に立っている時間のほうが増えた。それが足腰に確実に影響を及ぼしている。

日常的に行っていたストレッチも、映像の現場ではそんな時間も余裕もない。常にみんなが忙《せわ》しなく、自分の椅子一脚分の居場所を確保するので精一杯。楽屋が用意されている現場もあるが、そこにいられるのは僅かな休憩の時だけで、体の隅々まで伸ばしほぐす時間を持てないでいる。

ずっと続けていたNHKラジオ体操は家でやる時間がなく、現場でひっそりとやっていたら男性スタッフさんに笑われてしまった。それ以来、気恥ずかしくてやらなくなった。

仕事の幅が広がった分、自分事の幅は狭まったのではないだろうか。

「今日も疲れたよ。かめちゃんはいい子にしてた？」

テーブルの真ん中でかめちゃんはトゲを纏ったまま今日もじっとしている。

「いや、本当に。ダンスなんてほとんどやったことないのに、慣れないことが続くとしんどくてしょうがないよ。どどんと奮発してマッサージにでも行こうかね」

冷蔵庫を開けるとネギが一本と、生姜《しょうが》が一欠片《ひとかけら》。

「……しばらく買い物行けてなかったんだ」

冷蔵庫の中身がほとんどないことを失念していた。ひとまず中身を全部さらって、台所の小さな棚から乾麺のうどんを取り出した。今晩はこれを茹でて食べてやろう。幸い冷蔵庫の中にはたまごもあった。

「ふわふわのたまごうどんなんていいね。生姜も入れたら体もあったまってコリもマシになるかも」

かめちゃんは相変わらず定位置にいる。じっとじっと黙って私の言葉をトゲトゲした背中の針で受け止めてくれている。

料理を作り始める前に何か音が欲しくなって、テレビのスイッチをオンにした。

自分がテレビに出るようになって、以前よりテレビを見る時間が多くなった。テレビに出る旬な人を知っていないと困るからだ。

世間ではとても人気のあるアイドルグループの男の子のことをよく知らず、現場で持て囃される彼のことを見て、アゲハくんに「彼は人気のある子なの？」と尋ねると、それとなくテレビを見たほうがいいと言われたのがきっかけだった。相手が私のことをよく知らなくても、私が相手を知らないのは失礼だと納得したからこそ、できるだけ今の旬の顔を知るように心がけている。

しかし、どの人も似たように見えてしまって効果があるのかはイマイチである。

同じ番組に出演したり、共演して一緒にお芝居をしたほうがはるかにその人のことを記憶していられる。そういった点では、テレビをつけることで共演者たちがバラエティや他の作品で活躍する姿が見られるのは嬉しいことである。あの子も、この人も、一緒にお芝居したなあ、元気そうでよかったなあとしみじみ思うのだ。

アゲハくんに向かって「昨日は誰々がテレビに出ていてね」と、ぽつりと口にすると彼は運転席から楽しげな相槌《あいづち》を返してくれる。かめちゃんはじっと黙っているけど、アゲハくんは返事をしてくれるのだ。そして最後にはいつも、

「他の方たちもマル子さんの活躍を喜んでいると思いますよ」

と言ってくれる。母以外にそんな人たちが本当にいるのだろうか。

自分で自分を認めるのは難しいよと考えながら、ぐらぐらと煮え立つ鍋の中に硬いうどんを放り込んだ。一瞬、沸き立つ湯のゆらめきが収まり、しばらくするとわっと煮え立つ。ぐらぐらとした水面を眺めながら、気がつけば口が台詞を唱えている。

もうずっとこんな生活だ。いつまでこれが続くのだろう。覚えても覚えても台本がやってきて、口にしても口にしても新しい台詞が覚えてくれと追いかけてくる。今いる場所は、時間をかけ、じっくりと言葉と向き合ってきた舞台の世界とは時の流れが違いすぎる。まるで終わったものはそこに捨て置くかのように、撮影は進み、場面が変わっていく。その感覚に最初は慣れなかった。台詞と長く付き合っていくことで見つかる発見があるし、そこが芝居の面白さだと思っている。

撮影した数えきれないカットが一体どんな風に繋がるのか、作品が放送されるまで私たち俳優は知るよしもない。全ては監督の頭の中にあり、私たちはそれを切り取った刹那の時間をまるでつながって生きているかのように演じるだけなのだから。それで言えば、舞台にも共通する部分がある。私たち演者は、完成した舞台を客観的に観ることができない。いつだって物語の中から作品の全体を想像する。だからこちらもまた、どんな風になっているのかは知るよしもないまま演じている。

このマル子というあだ名も悪くないと思えてきた。もう誰も、まち子と呼んではくれない。本当の私は現場のどこにもいなくて、さながら役を演じながらみんなの思うマル子を演じているみたいだ。

「たまごはふわふわにするから一番最後に入れないとね」

煮えたうどんを熱湯から掬い出し、どんぶりに移し替える。生姜がピリリと効いたつゆが沸騰したのを確認してから、ときたまごをザッと流し込む。つるりと滑り込んだたまごは気持ちよさそうにつゆの中を泳ぎ始めた。ふわりと浮かんでみせたり、時折くるりと回ったりするのだ。それに終わりを告げるようにコンロのスイッチを切り、うどんが待つどんぶりの中につゆを注いだ。たまごはまだ、つゆの中で余韻を忘れられず躍っている。

温かなたまごうどんをテーブルに運び、テレビのチャンネルを変えると見知った顔が画面いっぱいに映った。

「かめちゃん、みきちゃんが出ているね」

ちゅるりとうどんを啜りながら、画面の中で溌剌と話している彼女を眺めた。

撮影の序盤は元気いっぱいだった彼女も、最終回に向けて佳境に差し掛かった現場では以前ほどの溌剌さがないように感じている。はちきれんばかりの風船が萎んでいくような姿は、ももちゃんと共演した時と似ていた。

私は芝居の仕事と、月に一、二回あるバラエティ番組の収録と、取材だけで許容量を超えそうなのに、彼女たちはコンディションを整えた上で、台本を覚え、芝居をし、それ以外にもさらに、自分たちのグループの仕事や、ライブなどもあるそうだ。慣れてしまえば大丈夫ですと、彼女たちのマネージャーが口にしていたけれど、本当にそうなのだろうか。全ての人間がこなせる仕事量が同じだとは限らない。その人にはその人の限界というものがあるはずだ。それを気にしない人があまりにも多い。根性論で片付けていてはいつか人が壊れてしまう。そう、ももちゃんだってあの時は限界だったのだ。でもそれを誰にも打ち明けることができず、結果、本番前に彼女の体は壊れてしまった。


「ももが倒れたらしい」

ゲネプロ前、舞台上にキャスト全員が集められ、野上さんからそう告げられた。きっと後に続く言葉は「公演は中止」か「延期にする」だと誰もが思っていた。ここまで全員でスクラムを組んで作ってきたものを正しい形でお客さんに観てもらえない、その事実に全員が肩を落とし空気は重くなっていた。

「ももが公演期間中に復帰できるかは現段階では未定らしい。だからこそ、幕を開けるために初日を迎える準備をしようと思う」

不意に野上さんと目が合った。キャストの輪の中の一番目立たないところにいたはずなのに、彼の目はしっかりと私を捉えていた。彼が小さく頷いたあと、全員の視線が私に注がれる。できないなんて言う選択肢はなかった。ここで私が断れば、舞台が本当に中止になってしまう。

「ももの代役は、マル子、頼んだぞ」

今でも野上さんのこの言葉が私の耳から離れない。新しい仕事を受ける度、現場に入る度、「代役」の声が聞こえる。別に苦しんでいるわけではない。でも、心のどこかで、今もまだ私はももちゃんの代役として生きている気がしている。

私は彼女の代わり。

自分とは似ても似つかない美貌を持った彼女の代役を任されたことに誇りを持っている。そんなことを人に打ち明ければ鼻で笑われてしまうだろう。でも、彼女がいつ戻ってきてもいいように、代わりを務め、作品のクオリティや評判を維持しなければという使命を感じたのだ。あの日からずっと、自分は彼女と共にあるのだと信じて作品に向き合っている。

生姜の効いたうどんは確かに私の体を温めてくれた。明日に備えて、台本を確認し、寝る準備をしなければ。明日も朝から晩まで撮影続きだ。撮影のない撮休《さつきゆう》まで頑張れば、その日は半日何も考えずに眠ることもできるだろう。

私が私らしくあるとはなんだろうか。

芝居をしていても私はずっとマル子を演じている気がしているけれど、取材を受ける時だけは、坂田まち子でいられる。というか、坂田まち子であることを認められている気がする。

ライターさんは必ず、坂田さんはとか、まち子さんはとか、ちゃんと名前で呼んでくれるのだ。撮影現場のノリはどこにもない。私を私として見てくれていることに、毎回嬉しくなる。でも、私はおしゃべりが特別上手ではないから、相手が求める言葉を返せているのか不安ばかりで、坂田まち子は面白くないやつだと思われていないかビクビクしている。

思えば、ずっとマル子と呼ばれることが嫌だった。丸いからマル子。出演した舞台の先輩俳優に飲みの席でつけられた安易なあだ名。そんな名前とここまで一緒に歩いてきてしまった。

社長に尋ねられたことがあった。

「どうしてマル子なんだ？」

「飲みの席でつけられました。昔から太っていたからマル子って」

社長は自分から聞いた割に興味のない返事をしてきた。

「でも、お前にぴったりなあだ名だよね。覚えやすいし、イメージと合っているし」

「よく言われます」

この手の質問には何度もこうやって答えてきた。誰に聞かれても、どこで聞かれても。

「そうは言っても、昔はもう少しスリムだったんですけどね。年齢には逆らえないですよ」

「マル子も俺と一緒にゴルフとか行って体を動かせば、少しは変わるんじゃないか？」

「私が痩せちゃったら、マル子じゃなくなるじゃないですか」

「まあ、そうか」

そうやってやり過ごすのが一番なのだ。


「みんなどうしてマル子さんって呼ぶんですか？」

現場でみきちゃんを含めた他のキャストたちにそう聞かれた。私がいつものように、

「飲みの席で先輩からつけられたあだ名でね。私がこんな体型だから、それで」

と口にすると何人かは顔に納得の文字を浮かべていた。

「でも、その先輩たちの中だけじゃなくて、こうして現場のみんなも自然とマル子さんって呼ぶのは不思議じゃないですか？」

口を開いたみきちゃんの顔には疑問の文字が浮かんでいる。

「不思議って？」

「だって別にマル子さんがそう呼んでくださいって言っているわけじゃないですよね」

「まあ、そうだね」

「なんとなく、誰かが呼んでいて、それをみんなが真似するようにマル子さんって呼んでいるって、なんだろう……言葉にできないけど納得ができなくて」

「そういうみきちゃんだって、マル子さんのこと、マル子さんって呼んでいるじゃない」

「そうなんですけど……」

他の共演者にそれとなく窘《たしな》められた彼女は、肩を落として小さくなった。自分の気持ちを明確に表現できる言葉を持っていないもどかしさが、みきちゃんを包んでいる。

「別に嫌じゃないのよ。そのほうがみんな覚えやすいだろうし。うちの事務所の社長にもね、いっそのこと芸名もマル子に変えたらどうだって言われるくらいなんだから」

わっと起こった笑い声の中、みきちゃんだけはまだ自分の気持ちをどうしたら伝えられるのかと考えているような顔で佇んでいた。

全体の撮影シーンが今日も順調に進み夕飯休憩になった時、みきちゃんがそっと私の隣に腰掛けた。

「お弁当、何にしたの？」

「珍しかったからお蕎麦《そば》に。マル子さんは……鯖《さば》の味噌煮ですね。そっちも美味しそう」

「お魚ちょっとだけあげようか？」

「ううん。大丈夫。ありがとうございます」

彼女はももちゃんと比べると人懐っこさがある。それは若さゆえのものなのかもしれないし、ももちゃんとは違って芸能界で過ごす時間がまだ短いからなのかもしれない。ももちゃんにはどんな場所でも一人で立たなければと自分を律しているところがあった気がする。だめだ、同じグループにいる子というだけの共通点なのに、何かとみきちゃんとももちゃんを比べてしまう。

「さっきの、マル子さんのあだ名の話なんですけど」

「うん」

「嫌じゃないんですか？」

「うーん。どうだろう。もう慣れちゃったかなあ」

「慣れたってことは、嫌だった時もあったってことですよね」

「まあね。でも、先輩が言い始めた手前、嫌がることもできないし、そうしたらみんなが呼び始めちゃって、引くに引けない感じになったから」

「……ごめんなさい」

弁当を膝の上に置いたまま みきちゃんは静かに頭を下げた。彼女の長い髪の毛が弁当の蓋の上に垂れている。綺麗で柔らかな髪の毛は私の乾燥した髪の毛とは大違いだ。アイドルになれる子は、みんなから可愛いと持て囃される子は、きっと髪の毛まで可愛くて、そこですら選ばれしものなのだろう。

「謝らなくてもいいんだよ」

「でも」

「みきちゃんは何も悪くないから。あの時の私にちょっとだけ、嫌ですって言う勇気があればよかったんだけどね。今みたいに見た目のことに言及するべきじゃない、なんて風潮じゃなくて。先輩の言うことは絶対だったし、大きなチームっていうのかな、劇団とか、事務所に入ってなくて、ひとりぼっちでどうにか小さな舞台を転々としていた私には、周りとの繋がりが大事だったの。だから、今思い返せばこの名前がここまでの縁を繋いでくれたみたいなところがあるんだよね」

「でも、それを知った上で呼び続けるのは申し訳なくて」

「みきちゃんの呼びたいように呼んでくれればいいから、本当に大丈夫だよ」

まだ僅かに俯いたままこちらに視線を合わせようとしない彼女の唇がキツく結ばれた。

「みきちゃん？」

「……私も嫌なあだ名で呼ばれていたことがあって」

結んだ唇をゆっくりと開いた彼女の目は僅かに潤んでいた。言葉を形にしようともがく口先に誘導されるように、大粒の涙が目の端に現れた。私は慌てて何か拭くものはないかと身の回りを探したけれど、涙のほうが先にぽろりと落ちてしまう。

「ファンの人に……いや、ファンでもない、アンチっていうんですかね。私のことが嫌いな人たちが、私のことを面白おかしく表現したあだ名で呼んでいるのを知っちゃって。なんとなく、それが面白いって空気になって、ファンの人たちにまで広がっちゃったんです。嫌だって、その呼び方をしないでって本気で言っても、喜んでるんだって勘違いされちゃってたんです。そういうノリ？　みたいなものがあったんです」

「うん」

「だから、マル子さんも本当は嫌だけどじっと我慢していた時があったのかなって。私みたいに、嫌だって声をあげたけど無視されちゃった時があったのかなって思って。そうしたら苦しくなって。だから……」

「ありがとうね」

泣きじゃくる彼女の背にゆっくりと手を添えると、体が熱を発していた。こんなふうに熱を帯びて自分の胸の内を吐露できるのはある意味若さだ。年齢を重ねる程、熱は緩やかに冷めていく。あの頃の私に、この熱を発せるだけの勇気があればよかったのだ。

「それで、みきちゃんの気持ちはわかってもらえたの？」

彼女はゆっくりと頷いてから、言葉を続けた。

「ファンの人にそのあだ名で呼ばれた時に、もう笑顔を作ることもできなくて、耐えきれなくなって大泣きしちゃったんです。それでやっと」

「それならよかった」

「その時、同じグループのももちゃんが凄く怒ってくれて」

「ももちゃんが？」

「あ、そっか。ももちゃん、知ってますよね」

私は首を縦に振る。

「普段はとっても落ち着いているんです。ちょっとドライすぎるところがある人なんだと思っていたんだけど、周りがびっくりするくらい怒ってくれたんです。いい大人たちがどうして人の気持ちに気がついてあげられないのかって。ファンが一番よくみきちゃんのことを見ているはずなのに、どうして泣かせるような言葉にも気がつけないのかって」

「本当にね」

「そしたら今度はももちゃんが倒れちゃって」

「え？」

「舞台の時に体調崩してからあんまり調子がよくないままで。きっと急に興奮しちゃったから、体がびっくりしたみたいで目眩《めまい》を起こして」

「大丈夫だったの？」

「はい。少し休んだら動けるようになったんですけど、スタッフさんたちはそれもあってももちゃんを必要以上に心配してて。急にまた倒れられたら困るからって、よく話してます」

「そっか……」

「なんか、私の話ばっかり聞いてもらっちゃってすみません。こんなに泣いちゃったらメイクさんに怒られちゃいますね。直しに行かなくちゃ」

「そうだね。本番までに綺麗に直してもらいな」

みきちゃんは、はいと返事をして立ち上がった。

「私はまち子さんって呼んでもいいですか？」

真っ直ぐな瞳の中には、人の痛みに寄り添う優しい光が宿っていた。あれはきっと涙のせいでできた光じゃない。アイドルの目が輝くのは、彼女達が人知れず傷つきながらもここまで歩んできた証《あかし》なのか。

「もちろん」

今日も帰宅してからかめちゃんに話しかける。今日あったことはなぜだかアゲハくんにも話すことができなかった。いや、なぜだかではない。彼も私のことをなんの迷いもなくマル子さんと呼んでくれるから。そんな彼にこのことを話しても気を遣わせてしまうだけだ。彼の中で私はマル子のままでいい。

「今日はね、私のことをまち子って呼んでくれる人ができたの。ずっとそんな時がくればいいと思っていたんだけど、小さな一歩を踏み出した気持ち」

かめちゃんは今日もじっとしている。家に来てもう何年が経ったんだろう。一人は寂しいから、何かを飼ってみたいと思ったのがきっかけだったはずだ。でも、子供の頃から動物を飼ったことのない私が急に命を預かるなんてことは怖くてできなかった。だから、偶然立ち寄ったかっぱ橋で目に留まった亀の子たわしを連れ帰って、かめちゃんと名づけてそばに置いている。こうしてその日あったことを語りかけるだけで僅かに心が軽くなる。かめちゃんのトゲには私の心のモヤを搦《から》め捕る不思議な効果があるのだ。もう随分一緒にいるから、トゲの間にはちょっと埃《ほこり》が溜まってしまっている。時折つまようじを使って取り除いてあげるけれど、がっしりと握り込むと手が痛くてしょうがないのだ。そっと、優しく、少し距離を取りながら手入れをしてあげている時、ハリネズミを飼ったらこんな感じだったのかしらと考える。

いつか本当にハリネズミを飼えたらいいけれど、きっと五年後もまだかめちゃんと一緒にいる気がしている。

「まち子って、私はなかなかいい名前だと思うんだよ。古風だし、一つ一つの音が粒だって聞こえて好き。マル子はちょっと丸すぎる」

そう言ってみて、まあ確かに私の体が丸いからこの名前がぴったりと言われてしまうのもしょうがないんだと思う自分がいる。きっとまだ私はマル子を演じ続けている。いつかカットがかかればこの思いも捨て置いていけるのだろうか。

「おはようございます」

今日の撮影現場はいつにも増して賑やかだった。スタッフの数も多く、普段は全員揃うことのないプロデューサー陣が一堂に会している。

「まち子さん、おはようございます」

メイク中のみきちゃんが前髪にピンをつけたままこちらを振り返った。睡眠不足なのか、目の下にくまが薄《うっす》らと浮かび上がっている。

「今日もよろしくね」

荷物を置いて衣装に着替えに行こうとすると、衣装部のいちかちゃんがちょっと待っててください と私を制した。

「今日は演者が多くて。次、お着替えできると思うので、ちょっと待っていてもらえますか？」

「もちろん大丈夫」

促された丸椅子に腰をおろし、今日のシーンを頭の中でイメージする。口はひとりでに全ての台詞を唱えていて、今日も問題なく全てのシーンに対応できる状態であることに安心する。僅かな台詞の迷いでも芝居に影響を及ぼすからこそ、何をしていても自然と台詞が出てくる状態にしていないと不安になるのだ。

しばらくすると、マル子さんお願いしますと呼ばれ、固まった腰をよいしょと持ち上げる。今日はダンスをする場面があるはずだから、怪我をしないように撮影の前にどうにか体をほぐしておかなければ。

着替えスペースを仕切るカーテンの前に立った時、丁度カーテンが横にひかれ一人の女性が姿を現した。目が合った彼女は、一瞬目を見開いて固まった後に、目を細めて私に微笑みかけた。

「お久しぶりです」

「………」

「先に着替えてしまってすみません。次、どうぞ」

彼女はするりと私の横を通りすぎていった。伝えたい言葉は山のようにあったはずなのに、突然のことに言葉を失ってしまった。切り揃えられていたはずの前髪は随分伸びて斜めに流されていた。あの頃より大人びて見えたのはそれだけが理由なわけではないが、以前より更に線が細くなったのではないだろうか。ちゃんとご飯を食べているのか心配になる。あの時だって、私が握っていったおにぎりを小さな口で小鳥のように食んでいた。

さっき、やけにスタッフの人数が多く感じられたのは、ゲスト出演するスピンズのメンバーが合流するためだったようだ。

「マル子さん、もうスピンズの子たちには会いましたか？」

「さっきちょっとだけ挨拶できたよ」

「いやあ、やっぱりみんな顔が小さいですね。女の子がよく隣に並びたくないって言う気持ちがちょっとわかりました。彼女たちの横に立ったら俺の顔なんてホームベースくらいデカいじゃないですか」

「舞台やるなら顔は大きいほうがいいんだよ」

「そうなんですか？」

「遠くのお客さんからも顔がよく見えるからね」

「へえ。でも俺は舞台に立たないからなあ」

「私はアゲハくんがどこにいるかすぐにわかるからありがたいよ」

「それならよかったです。……あれ、俺やっぱり顔デカいですか？」

グイッと顔を近づけてくる彼の表情は眉が滑り台のように下がって愛らしかった。

「よかったの……かな」

「よかったんです」

今日スピンズのメンバーが来ることを知らなかった私は内心動揺している。さっきから平気なふりをしても心臓の音が体中に響いてしょうがない。あの時から彼女に会うのは初めてなのだ。どんな顔をして会うべきなのか正直わからないままでいる。

「そろそろドライ始めます」

今日も助監督の西くんの掛け声で、撮影前のドライリハーサルの開始が告げられる。今日のファーストシーンからスピンズのみんなが参加する。

私が演じる主婦が参加している商店街のおばさんダンスクラブ『ブギウギ』のメンバーに、スピンズが演じる大学のダンスサークルの子たちがイマドキの振り付けを教えてくれるという設定。みきちゃんはそのダンスサークルにいるメンバーの妹役で、私たちブギウギに最初にダンスをするきっかけをくれる重要な役どころである。

今回は彼女がダンスサークルのメンバーを引き連れ、ブギウギメンバーにダンスのスパルタ特訓をしてくれるという場面の撮影だ。

このシーンに登場するダンスを教えてくれる人たちは、てっきり年代の若い俳優さんたちが演じるのかと思っていた。主題歌を歌うスピンズが来るのなら一言教えてくれてもよかったのにと、満足げに彼女たちを見ているプロデューサーに対して思ってしまう。でも、私がそんな小言を伝えたら面倒臭いやつだとか、天狗《てんぐ》になったとか言われてしまうのだろうか。撮影をするシーンナンバーにばかり気がいってしまい、出演者の欄を確認しなかった私が圧倒的に悪いのだ。自分の確認不足による心の不調の責任を人に押し付けてはいけない。とにかく今に集中しよう。

作品全体のダンス監修をしてくれているえっちゃん先生がやってきた。グラマラスな体型がはっきりとわかるスポーツタイツにウエストラインを露《あら》わにした短い丈のトップスを着ている彼女は、顔全体で笑顔を作りながらフォーメーションの指示を出していく。私たちおばさんキャストは置いていかれないように必死に指示通りの動きをしようと体を動かしてみるも、スピンズのみんなのように様にはならない。事前に練習を重ねていてもこのレベルでしかできないのかと悔しくなる。目の前で踊る彼女たちのすらりとした腕が曲線を描くように動いていく。踊っているのに、どうしてか一枚の絵を描いているようにも感じられてこのままずっと見とれていたくなるほどだ。

「大丈夫ですか？」

気がつけば足の動きが止まっていた。全員の視線がこちらに注がれ、意識がいっぺんに自分の外側に戻ってくる。ああ、この感覚。人に突然見られるこの感覚。あの日とあまりにも同じで僅かに目眩がした。違うのはその視線の中にもちゃんの目があること。彼女はしっかりと私を見ていた。全員の視線から逃げるように俯いて小さく頭を下げると、えっちゃん先生はまた顔全体で笑いながら、

「朝だから頭まわんないですよね。でも元気にいきましょう！」

とまたテキパキとシーンに合った動きの指示を私たちにつけていった。

ドライリハーサルが終わっても、私はダンスの動きができないことに納得がいかず、スタジオの端にある鏡に向かって練習をしていた。あの流れるような曲線の動きは一体どうしたらできるのだろうか。台詞はいくらだって覚えられるし、芝居に関する監督からのリクエストにはなんだって応えられる備えがあると自分では感じている。けれどダンスに関しては本当にダメで、いくらやっても、何度教えてもらっても自分の納得のいくテイクを出すことができないでいるのだ。

「この作品はダンスのうまさが大事じゃないんです。マル子さんが心から楽しんで踊ってる姿に、みんなが、テレビを見る人たちが勇気づけられるんです。その瞬間を僕は切り取りたいんで」

監督は熱心にそう語ってくれるけれど、私の気持ちが下がらないように言っているのはわかっ

ている。初めて主演を任されて、その上、初めてのダンスまで加わって、正直私の気持ちはキャパオーバーを迎えそうだ。

初回放送が終わった後の世間の評判が厳しいものだったことも知っている。おばさんが踊ってみたって、あっと驚くほど面白くなければ意味がないのだ。誰だって体にしまりのない女がだらしなく踊っている姿をわざわざ見たくないだろう。

視聴率というものは、現場がしゃかりきになってもどうにもならなかったりするのだと、この数年間で知った。いくら面白いものを作ろうと意気込んでも、見る側につまらないと思われてしまえばそれ以降に数字が上がるのぞみは薄い。

小劇場で芝居をしていた頃は、ガラガラの客席を前にして芝居をすることも多かった。きっとテレビなら打ち切りレベルの視聴率だろう。支離滅裂な話や奇抜な衣装も多かった。ラストシーンで男性キャストのふんどしがはらりと落ちて暗転、終幕なんていうとんでもない作品もあったが、演じる私たちは大真面目に作品に向き合っていた。全ては観にきてくれた人に楽しんでもらいたい一心。そのために自分の全力をぶつけていた。今は、カメラに向かって芝居をぶつけても、それが視聴者に届いているのかイマイチ手応えがない。このもどかしさにずっと悩んでいるのだ。生の声、生の呼吸が恋しくて仕方がない。

「まち子さん、ダンス大丈夫そうですか？」

私があまりにもできていなかったからだろうか、みきちゃんが声をかけてくれた。主演がこんな頼りないんじゃ、そりゃ声もかけたくなるだろう。

「まだ本番まで時間あるから、もう少し練習頑張ってみようと思う」

鏡に向かって一緒に一つ一つ振り付けを確認していると、みきちゃんがメイクさんに呼ばれてしまった。

「ごめんなさい。ちょっと行ってきます」

立ち去る彼女の背中を引き止めたい思いでいっぱいだったが、そうもいかない。

振り付けを順に確認しても、後もう少し腕が柔らかく動いたらとか、体がもう少し軽かったら軽快なステップを踏めたかもと、今更どうにもできないことばかりが頭をよぎってしょうがない。

喉のところまで出かけた弱音を必死に飲み込みながら、胃のなかに落ちた本音をエネルギーにして体を動かすしかないのだ。

「マル子さん」

鏡越しに目が合った。

「……ももちゃん」

「お久しぶりです」

「久しぶりだね」

「振り付け、大丈夫そうですか？　私でよければ一緒に練習しますよ」

彼女の情けをかける言葉が苦しかった。

「ありがとう」

でも、と言いかけたところで、今度は私がメイクさんに呼ばれてしまった。もう一度お礼を伝えてその場を後にしたけれど、私はどうにも消化できない気持ちを抱えたままでいる。彼女の顔をしっかり見ることもできない。どこか気まずさがあって、それをどのようにして消化するべきなのかわからないままでいる。

撮影はどうにか、という言葉が頭につきながらも進んでいく。

「マル子さん、大丈夫。できてますよ」

えっちゃん先生は私の気持ちが折れないよう、何度も励ましの声をかけてくれる。その度にこの仕事をやると決めた自分を責めたい気持ちでいっぱいになった。

自分にとって分相応なことをするべきだった。私に主演なんて荷が重すぎる。身の丈に合ってない。マイナスな言葉は私の重い体をさらに重くしていく。もう嫌だ、そう思ってもやめることはできない。脱ぐことのできない靴を履いたまま踊らされている気分だ。

カットの間に短い休憩こそありながらも、ダンスの練習をしているシーンの撮影はいつも時間がかかる。レクチャーを受ける芝居をしながら、台詞を口にし、また踊る。それをもう何度繰り返しただろうか。最初は霧吹きでつけていた汗も、本物の汗に変わっていった。アゲハくんが気遣ってスポーツドリンクを持ってきてくれるけれど、一息ついてしまうと集中力が切れるような気がして、必要な時は自分で取りに行くから大丈夫と突っぱねてしまった。口にした後、あんな言い方じゃなくもっと優しく感謝の気持ちを伝えられたんじゃないかと後悔の念が押し寄せてくる。

もうずっと頭の中が混乱を極めている。何をしていても集中しなきゃと言っている自分がいて、そう思っている時点で集中などできていない。何がどうしてこうなったのか。

　十ページにわたるこのシーンには百を超えるカットが割られていた。今は一体何カット目だろう。さっき西くんが五十何カットと言っていたような気がする。

「まち子さん、大丈夫ですか？　だいぶ息が上がってるけど」

「大丈夫。ほら、このくらいのほうがリアルでしょ」

「でも……」

　みきちゃんが背中に手を当て寄り添ってくれようとするのに、その私の背中はじっとりと湿っていて触れられることすら申し訳なくなってきた。どうして、なんで私がここに。不安や不満が体の中で暴れ回る。

　スタジオの中に小さな悲鳴が響いた。

　その場にいた全員が手を止め声のするほうに目をやると、床にばたりと人が倒れている。一度静まったスタジオ内がいっぺんにざわつき始めた。「大丈夫？」「どうしたの？」「寝かせられるところ探せ！」——発せられるのは全て日本語なのに、言葉が一度に飛び交いすぎてもはや言葉の輪郭が曖昧になっている。

　全ての声が私の耳にはぼんやりとしか届かない。私は床の上に力なく倒れているももちゃんの姿から目が離せなかった。

現場は騒然としたままだった。私は何もできずに立っていることしかできない。目の前で倒れているももちゃんの周りにはスタッフが集まり、頭をぶつけてるかもしれないから無闇に動かすなと指示をし、救急車の手配をしていた。

血の気が引いた彼女はそれでも美しさを保っていて、汗ばんだ肌に張り付いた髪の毛の一筋すら飴《あめ》細工で作られた繊細なものに思えた。あまりの美しさにこれは芝居なのではないかと錯覚してしまうほどだ。それともドッキリか何かだろうか。いや、そんなわけはない。あの時も彼女は、一人こんな風に横たわり動けなくなっていたのかもしれない。

衣装さんが彼女の着ていたシャツのボタンを外し、少しでも体の締め付けをなくそうとしている。よく見れば下に着たTシャツから覗く鎖骨辺りに黄色い痣《あざ》のようなものがうっすらと浮かんでいた。

隠せ隠せと声が飛び、衣装アシスタントさんが周りから隠すように彼女に大判のタオルをかけてあげている。タオルがゆっくりと上下している。でも彼女の目はぴたりと閉じられたままで、頭を強く打ったせいかもしれないと彼女の傍にいたメンバーが話している。突然後ろ向きにひっくり返ったようだった。出血している様子はなさそうだが、頭の中がどうかは見ただけでは判断ができなかった。

スピンズのマネージャーさんはどこかに電話をかけながら、すみませんと頭を下げている。監督はやけに大きな声で「困ったなあ」と言って腕を組み、その口ぶりには「面倒なことになった」という意味が滲み出ていて寒気がした。人が倒れている時に心配をすることができない人間が目の前にいるという事実に目眩がする。彼にとって私たちキャストは本当の意味で作品を作る道具にすぎないのかもしれない。自分の思うように動かなければガラクタ同然なのだろうか。

助監督の西くんは、「大丈夫」と言いながらスピンズのメンバーを控室へ戻るように促していた。みきちゃんは大粒の涙で頬を濡らしながら、共演者の胸に抱かれ、背中をさすられている。

西くんはとても冷静で、他の助監督に体を冷やすものや、飲み物を用意するようにと指示を出し、電話で謝り続けるスピンズのマネージャーに代わってももちゃんの傍に座り容態に変化がないかをじっと見守っている。その間も監督は少し離れたところで「困ったなあ」を繰り返す。

全部がはっきりと目に飛び込んでくるのに、何故かガラスを一枚挟んでいるような非現実感がある。まるでドラマのワンシーンのようで、画面のこちら側にいる私には何もできない、そんな無力感が全身を覆い、アゲハくんが私の肩を叩いているのに体は言うことを聞かず一歩も動くことができないでいる。

自分にできることは何か。ダンスはできないけれど、私はこの場所で、もう一度彼女の代役になれるだろうか。

あの子はここで一体どんな動きをしていた？

ダンスのフォーメーションは頭に入っているけれど、それぞれの振り付けや、移動のタイミングなどはわからない。彼女はこの場面で一体どんな役割を担っていたのか。

「代役は、マル子」と言う野上さんの声が耳の奥にこびりついて、壊れた音源のように繰り返し再生されている。

代役、代役、マル子は代役。

そう、私はももちゃんの代役なのだ。代わり。今、この瞬間に彼女の代わりになれるだろうか。もう一度、あの時のようにできるだろうか、代わりが。でも私は一番前に立ち、踊りについていくことに必死で何も見えていなかった。他の人がどんな動きで、どんな芝居をしていたかはわからないままだ。

どうしよう。私は彼女の代役なのに。代わりができないなんて今まで言ったことがなかった。どんな無理難題にも応えてきたのに、ここで挫《くじ》けてしまうのか？

もう無理かもしれない。無理だ。できない。私は、今ここで、彼女のための、代わりになれない。

突然焼けるような刺激が喉を襲い、なんの抵抗もできないままその場に胃の中のものを全部吐いた。


「落ち着きましたか？」

楽屋の畳の上で横になっている私に、アゲハくんがタオルを差し出してくれている。湿ったタオルはほんのり温かく、顔の上にのせると思っていた以上に顔がゆっくりとほぐれていき、表情筋に力が入っていたことに気付かされる。

撮影は一時中断。ももちゃんは救急車が来る前に意識を取り戻したが、大事をとって病院へ行くことになった。おそらく貧血だろうとスピンズのマネージャーが言っていたらしい。

私まで体調が悪くなったせいで、現場は早めのお昼休憩を取ることになってしまったようだ。監督の「困ったなあ」の声を思い出しながら、撮影を止めてしまって申し訳ない気持ちに襲われる。何故あんな状態になったのか自分でもわからなかった。いい大人が感情の手綱を離してしまい、感情が暴れ回ってコントロールできなくなった。今はただ、酷く頭が痛くてしょうがない。

「先程のシーンはあと何回か撮影すれば大丈夫らしいです」

「ももちゃんのところは？」

「それも含めてアングルでうまいこと誤魔化せると監督がおっしゃっていました」

顔にのせていたタオルはすっかり冷たくなってしまった。冷えたタオルで顔を拭い、ぐしゃぐしゃのまま傍にあるローテーブルの上に置いた。

「マル子さんの体調が平気であればスタッフさんに伝えてくるんですが、どうですか？　キツそうなら、今日はもうバラして別日に撮影することもできるみたいです」

「別日なんて申し訳ないよ」

私が他人様《ひとさま》に迷惑をかけるなんていけない。

体をゆっくりと起こすと、急に血が下がったからか少し目眩がした。吐いたせいで胃の中が空っぽになり、キリキリと痛む感覚がある。ローテーブルの上にあるスポーツドリンクを口に含むと、内臓をなぞりながら液体が流れていく感覚がある。口からあふれた息はどこか生臭くて嫌になる。

「私はもう大丈夫。いつでも動けると思う」

「じゃあスタッフさんに伝えてきますね」

上がり框《がまち》に腰をかけて靴を履き直すアゲハくんを呼び止め、今できる精一杯の笑みを浮かべて彼を見た。左瞼がわずかに痙攣《けいれん》を起こしたけれど、気にとめないでやり過ごす。

「自分で話してくるから、大丈夫」

「大丈夫って、便利な言葉ですよね」

靴を履くのをやめた彼は私の傍に戻って畳に腰を下ろす。大きな手も足も、熱を放ってそこにある。私の足先は冷えたままで、反射的に体を揺らし血の巡りをよくしたい衝動にかられた。浅黒く焼けた彼の肌より、私の日を浴びていない肌の方が白いけれど、それよりも、くたびれた彼のワイシャツの方がずっと白さを保っている。さっきの横たわったももちゃんの顔は、どこにもない白さを放っていた。あの色が目に焼き付いている。

「大丈夫ってなんとなく迷惑をかけたくなくて口にするじゃないですか。でも言われた方はそこから手の施しようがなくなってしまう。力になりたくても、大丈夫って言葉が自分に無力さを突きつけてくるんです。俺、頼りないですか？」

返す言葉が見つからず、言い淀《よど》む私に追い討ちをかけるようにアゲハくんは続ける。

「何がどう、大丈夫か、教えてもらえますか？　俺はマル子さんが心配です」

「どうって」

「体調がもう平気だという大丈夫か、それとも無理をして頑張ることができる大丈夫なのか。俺の手を煩わせたくない大丈夫なのか」

「体調も、もう平気だと思うし、私が自分の足で伝えに行った方が元気だって説得力あるかなと思ったから、大丈夫って言ったんだよ。あなたが頼りないわけじゃない。安心して」

「気持ちの部分は大丈夫ですか？」

「え？」

彼の言葉を反芻しながら自問自答してしまう。私の気持ちは、心は大丈夫なのか。大丈夫なふりはできるけれど、けっして平気ではない。倒れた彼女を目の前にして、もどしてしまった自分に驚いている。今までこんなことはなかった。人が倒れたからじゃない、ももちゃんが倒れたからこんなに心をかき乱されている自分がいる。でも……。

「それは関係ないから」

言葉は残酷だ。その言葉が相手にどんな影響を与えるかは、口にしてみないとわからない。口から飛び出したら最後、まずいと思い撤回しても発せられた言葉を引っ込めることは叶わず、刃物のような言葉は空中を漂いつづける。

アゲハくんは「新しいスポーツドリンクを用意しておきますね」とだけ言って楽屋を出ていってしまった。

自分の気持ちに余裕がないせいで人を傷つけるなんてあってはならない。わかっているのに何故してしまうんだろう。ここ最近の私はずっと気が立っていて、彼を時々傷つけてしまっている。飛び出した言葉の端が人の心を切り裂く感覚が、唇の先にまだ残っていた。

青山一丁目《あおやまいっちょうめ》駅で下車すると、立ち並ぶビル群に息が詰まりそうになる。洒落た人たちは肩で風を切りながら私に見向きもしないで歩き去っていった。まだ気温が高い日々が続いていて、顔を覆うようにしているマスクの中で生温かい呼吸が肌に不快感を増していく。

スマホで目的地を探そうとするけれど、マップ上の現在位置がさっきから定まらず三秒おきにどこかへ移動してしまう。信じられるものなんてそう多くはないのだと思いながら、地図上にある目的地までの目印を覚えていった。記憶力が人より優れていてよかったことは、道に迷いにくいことくらい。スマホをしまい最初の目印まで歩くことにした。

舗装された道の上でスニーカーが左右交互にスウィングする。足を動かせばどうにか目的地に辿り着けるだろう。道の脇では、ピンヒールを履いた女性が手を高く挙げてタクシーを止め、私の横を通り過ぎていく。

汗ばみながらようやく目的地の前についた。暑さで花束がだめになっていないだろうかと、手にした袋の中を覗くと、眩しい黄色が顔をのぞかせていた。どうやら大丈夫そうだ。見上げた病院はあまりにも立派で、急に怖気《おじけ》付いてしまう。

私はももちゃんに会って一体どうしたいというのだろう。

しかし、この訪問は誰に言われたわけでもなく自分で決めたことだ。アゲハくんにお願いをし、彼女が入院している場所を確認してもらった。ドラマのスタッフからも一緒に行くと言われたがそれは丁重に断った。放送はそろそろ終わるし、個人的な訪問に彼らは関係ない。

初めての主演ドラマはいい成績とは言えない結果となりそうだ。周りは示し合わせたかのように「最近はドラマをリアルタイムで見る人が少ないですから、マル子さんのせいじゃないですよ」と言って私を慰めようとしたが、別に頼んでもいないのに何故私が落ち込んでいると決めつけて声をかけるのだろう。彼らは自分たちの代わりに私に落ち込んでいて欲しいのだろうか。

ナースステーションに声をかけお見舞いであることを告げると、病室への通路に行くための鍵を開けてもらうことができた。事前に聞いていたももちゃんの部屋の前までは誰ともすれ違うことなく、院内は静寂を極めていて、リノリウムの床とスニーカーのソールが擦れる音だけが響いている。

自分を落ち着かせるため、ひと呼吸ついてみる。心臓はうるさいくらい鳴っていて、脈打つ体も自分のものではないようだ。

あの時。彼女が最初に倒れた舞台の時、どうしてお見舞いに行かなかったのだろう。いくらでもチャンスはあった。野上さんにお見舞いに一緒に行かないかと誘われた日もあったが、私はそれを断った。今更その選択を後悔しても遅い。言葉も行動も生きていると取り返しのつかないことばかりで嫌になる。

人が思う程、私はできた人間じゃない。

「こんにちは。坂田です」

ドアの向こうからわずかな間をおいて、はいと返事が返ってきた。

「入っても大丈夫ですか？」

「……どうぞ」

病室のドアをゆっくりと横に引くと、中は自分の知っている病室よりも随分と広くて驚いた。簡素な部屋ではなく、ミニキッチンと、ダイニングテーブル、ソファがあり、その奥にベッドが置かれている。ベッドの上にはパーカーを羽織ったももちゃんが座っていて、私の顔を見ると小さく息を漏らした。

「……マル子さん」

「急に来てごめんなさい。一応事務所の方には伝えたんだけど」

「そうなんですね。親以外が来ることなんて珍しくて」

発するうちに掠れていく彼女の声が、本当に人と話す機会があまりないことを物語っていた。ベッドの横にある棚の上からペットボトルを取り、ストロー付きのキャップのボタンを押してゆっくりと水を飲む姿はまるで植物のようだ。以前も随分瘦せたと思ったが、今はさらに瘦せたのではないだろうか。彼女の体に纏うには大きすぎるパーカーの袖から覗く手首や、指の節が骨張って見える。

「これ、お見舞いのお花です」

「ありがとうございます。凄い綺麗。もう九月なのにまだひまわりがお店に並んでるんですね」

「そうみたい。花瓶、どこだろう」

「あ、大丈夫ですよ。私自分でできるので」

ベッドから降りたももちゃんは、体を慣らすようにゆっくりと歩きながらキッチンへ向かった。

「忙しいのにわざわざありがとうございます」

「ううん。ドラマの撮影も終わって少し落ち着いてるから」

空だった花瓶に水が注ぎ込まれ、部屋の中に漂う沈黙をジャバジャバと洗い流していく。キッチンに立つ背中はやはり随分小さくなっていて、彼女はシンクに体を預けるように立っている。

「部屋、暑くないですか？」

言われてみればこの部屋は空調が切れていた。

「少し」

カバンからタオル地のハンカチを取りだし、首筋を流れる汗を押さえると少しだけ胸のつかえが楽になった。

「壁にエアコンのリモコンがあるのでいい温度にしてもらって大丈夫ですよ」

「ももちゃんは寒いんじゃない？」

「マル子さん汗かいてるから。外はまだ暑いですよね」

水を張った花瓶をダイニングテーブルに置き、ひまわりを一本ずついけていく彼女の動作はあまりにゆっくりで、私はその様子を横目に見ながらエアコンのスイッチを入れて室温を二十八度に設定した。低い空調音がごうんと響き出す。

どうぞと勧められたダイニングテーブルにつくと、ももちゃんも向かいの椅子に腰を下ろす。

私はまだ引かない汗を押さえ込むようにハンカチで拭っていく。

「撮影に迷惑をかけてしまってすみませんでした」

「気にしないで、大丈夫だったから」

そう口にして、アゲハくんの言葉が浮かんだ。大丈夫って、便利な言葉。本当にそうかもしれない。私たちは何かから逃れるように大丈夫、大丈夫と口にしている。

あのあと大丈夫だったのかと言えば本当はそうではない。撮影はももちゃんの立ち位置を映さないように再開されたが、放送の前に彼女の休養が発表され、ドラマでは彼女が明らかにシーンの途中から映らなくなったことに違和感を覚える視聴者がSNSに書き込みをし、それがまたネットニュースになっていった。すると今度は週刊誌にももちゃんが倒れたのは撮影現場の環境が劣悪だったからだと報じられ、制作陣が糾弾される事態となった。ネット上で怒りを書き散らす人々がどんどんと膨れ上がり、今すぐに謝罪をしろと抗議が殺到したそうだ。けれど、彼らは誰のために、どこに向かって謝罪をして欲しいのだろうか。スタッフが公に謝ったところで彼女の体調がよくなるわけではない。確かに撮影は長時間に及んだが、現場の環境やスタッフの対応に問題がなかったことは現場にいた人なら知っているはずだ。それなのに（関係者談）などと言って、さも自分は現場を見ていた、中野ももは酷い扱いを受けていたと週刊誌の記者に話すような人間は、人の不幸で金をもらう汚い人だと私は思う。

「それより、体調はどうなの？」

「私自身は元気なんですけど、体がまだ言うこと聞いてくれなくて」

「そう。ご飯は食べられてる？」

力強く咲き誇るひまわりの横で笑うと、彼女の笑顔がいかに力ないものかが浮き彫りになる。燦々《さんさん》と輝くようなステージ上での笑顔は今やもう見る影もない。頰はこけてしまい陰が落ち、顔や手の見えるところには黄色くくすんだ痣のようなものが浮かんでいた。

「食べると疲れちゃって。前に調子が悪くなった時も、内臓の調子がよくなかったのが原因なんですけど、症状が抑えられていても根本的にはよくなってなかったみたいで」

「そう。……焦らず、ゆっくり休養してね」

「ありがとうございます」

空調は唸りながら部屋の温度を一度、また一度と下げていく。

「冷蔵庫に飲み物がありますけど、マル子さん飲みますか？」

「じゃあ、いただいてもいいかしら」

「もちろん。お好きなのをとってください」

重い体を椅子から引き剝がし、備え付けであろう冷蔵庫を開ける。一般的な病室にあるものとは違い、一人暮らしをするにも十分すぎる大きさの冷蔵庫である。中を開けると飲み物がびっしりと入っていた。

お茶、お水、フルーツジュース、コーヒー類、ゼリー飲料、スポーツドリンク。全て綺麗に種類ごとで区画整理されており、それぞれのエリアにメッセージ付きの付箋が貼られている。コーヒーのところには「コーヒーは一日一本まで」、ジュースは「コップ一杯で止めること」、ゼリー飲料は「本当に食べられない時に」と書かれている。

「母が持ってくるんですけど、私一人じゃ消費できなくて」

私は減りが少なそうなチルドカップのコーヒーをひとついただくことにした。

「カフェインをとりすぎるなって言うのに、母はいつもそれを二人分買ってくるんです。自分の分と、私の分って言って。でも母は結局飲まないから、溜まっていく一方で」

「こんなにたくさん凄いね」

「それ、甘すぎて私は一本を飲みきるなんてできなくて。不思議ですよね。苦手って言っているのに、母はそこだけ忘れちゃう」

「お母さんはよくいらっしゃるの？」

「最初の二、三日は来てくれたんですけど、今は週に一回来るかどうかで。私はお水ばっかり飲むから、ジュースとかは全然減らないんです」

一人で飲みきれないって言っても、それも忘れちゃうんですよね、と言いながら彼女はまた力なく笑った。口をつけたストローからはほろ苦い味がする。

「あのね、今日はももちゃんときちんとお話がしたくて来たの」

「どうしたんですか、そんな改まって」

我ながら話の切り出し方が下手だなと思う。彼女の言う通りだ。急に改まってどうしたんだ。

「謝りたいことがあって」

「マル子さんが？」

「前にあなたが倒れた時、一度もお見舞いに来られず申し訳なかったと思って。あの時はごめんなさい」

ああ、と呟きながら俯いた彼女の視線は溶けていく雪の結晶のように儚い。痩せたからだろうか、以前にも増して彼女は消えてしまいそうな空気を纏っている。

それに比べて私は何も変わらないまま、丸いマル子でいる。落ち込んでも食欲が衰えることはなく、いつもと同じように食事をし、沈んだ気持ちを抱えながら布団に潜るだけ。何故だろう、ももちゃんがスタジオで倒れてから卑屈な自分ばかりが顔を覗かせている。

「スタジオで倒れたあの日、タイミングが合えばマル子さんとお話ししたかったんです」

思い返せば、二人で話せる時間は確かにあった。途中で邪魔が入らなければ今日ここでしているこの会話は、あの日に済んでいたことだったのかもしれない。

「私の代わりに舞台に立ってくださってありがとうございました」

頭を下げる彼女の行為を打ち消すように首を横に振る。

「私はただ野上さんに言われただけで。本当ならあの場所にはももちゃんが立つはずだったから」

「野上さんの選択は正しかったと思います」

正しいとはどういうことだろうか。あの日から私はあなたの代役を務めているつもりで生きている。何をするにも、「きっとここにはももちゃんが立っていたのだろう」と考えずにはいられない。自分が浴びるスポットライトの光の裏側には、彼女の影がいつも伸びている。そんな気持ちで生きてきた。私はあなたのために芝居をしていたのだ。あなたがいつでも戻ってこられるように、あなたの居場所を守る、そんな気持ちで。

でも目の前に座る美しい女性にはどうしたってなれない。

「あの作品がきっかけでマル子さんが正当な評価を受けてよかったと思っています。覚えてますか？　稽古でも一度、私の代役に入ってくれた日のこと」

「もちろん」

あの日のことはよく覚えている。野上さんから指名をされ、緊張のまま千夏の代役に入った。鼓動は先に先にと進んでいくけれど、口が、体が勝手に動いていたあの感覚。自分が自分ではない、別のものに手を引いてもらえていたあの感覚。自分の役を演じている時には得られない幸福な体感。

人が演じていた役を代演する時がお前が一番輝く瞬間だと、稽古の後に野上さんに言われた。これまでの彼の作品でも、稽古中に他の人の代役で入ったことが何度かあった。彼はその時のことをよく飲みの席で人に話す。本役が作り上げたさらにその先の芝居を見せてくれるから、マル子に全部の役を一度やらせてみたくなるんだ、そんな風に言っていた。でも私は、誰かの代わりになることを必死に演じているのだ。その日やったことを本役の人に伝える義務が自分にはある。

「あの日の映像を見て正直焦ったんです。マル子さんがあまりにも完璧に千夏を演じているから、このままじゃ私の役が取られてしまうかもしれないって。あの頃野上さんにもきつく演技指導されていたから、私の代わりはいるんだっていう現実を突きつけられたのと同時に、急に恥ずかしくなったんです。どんなにダメでも私の代わりになる人なんていないって、無意識に考えていたんだって自覚した瞬間でもありました」

「私は代役を演じていただけ。正直ね、最初はヒロインを演じられて嬉しい気持ちもあった。でも、それから仕事が舞いこむにつれて、一人の人生を大きく変えてしまった代わりに今の私があると考えるようになった。あの舞台からずっとそう考えて今まで演じて来た。だからあなたに返したいの」

「何をですか？」

「居場所を」

私があの日からここまで歩んできた道、経験したこと、そこで得た名声をあなたに返したい。代役だと告げられたあの日から、いつか戻ってくるはずのあなたのために全部やってきたことなの。

「私に向けられている賛辞は、本当であればあなたが受けるべきものだった。私はこの数年間、あなたの代わりを演じてた」

ももちゃんが口角をわずかにあげた時、花瓶に挿さったひまわりの一本が左に静かに傾いた。

「それは違うと思います」

飲み込んだ唾はいつにも増して苦い味がした。

傾いたひまわりだけが俯くように咲いている。他は真っ直ぐ前を向いているというのに、運んでくる間に茎の部分が弱ってしまったのだろうか。

「この仕事を辞めようと思うんです」

「え」

「アイドルも、お芝居も、全部やめて、違うことに挑戦してみようかなと思って」

そのためには健康にならないとですけど、と付け足すように口にして彼女は席を立ち、ベッドの脇に置かれたペットボトルの水をストローを使ってゆっくりと飲んだ。

「そんなに悪いの？」

「時間はかかるけどちゃんと治ると思います。でも無理をするとまた体に負担がかかって再発、なんてこともありますから」

「なら、ゆっくりだって続けられる」

「もう表に立ってやりたいことがなくなっちゃったんです」

そんなこと言わないで。やめないで。あなたにやりたいことがなくなってしまったのなら、私は一体なんのために役を、演じることを続けていたのかわからなくなってしまう。

「モチベーションがないものを続けられる程私は強くないんです。本当は最初に倒れた時が潮時だったのかもしれません」

「あなたには私にないものがたくさんある。私はそんなあなたの力に少しでもなりたくて」

「マル子さんは、マル子さんのために頑張ってるんですよ」

そんなわけない。私は、あの日からいつでもあなたの手を引く準備をしていた。

「今日までマル子さんがやってきた役は私にはできない役です。それはあなたの魅力に気づいた人たちがオファーしたあなたの財産です。多分、あのまま舞台に立てていても、私はマル子さんみたいにはなれなかった」

「でも……」

「最初は羨ましくてしょうがなかったです。もしもを考えると眠れない日もあるくらい。今でも羨ましくないと言ったら嘘になるかも。悔しくて、何度も稽古の映像を見たり、公演の映像を見ていました。でも、現実はこれです。私は道を逸れて、マル子さんはこれからも歩いていく。大人になったんですかね。ようやく諦めがつきました」

それから一ヶ月後、中野ももがグループを卒業すると共に芸能界を引退することが発表された。原因である病気のことは伏せられていたが、週刊誌が彼女が肝臓の病気を患っていることを報じていた。それを後追いするように各ニュースサイトが彼女の病気のことを記事にし、中野ももと検索すれば病気、入院、引退、と出てくるようになった。

国民的子役だった彼女の引退を惜しむ人もいれば、子役はやっぱり子役止まりと揶揄する声もあった。

一方で私は、主演ドラマの失敗はあったものの、ありがたいことに仕事はそれなりに続いている。アゲハくんの心配するような致命的な引き潮はやってこなかった。

あれは、一生に一度の主役。ももちゃんがくれたご褒美みたいなものだと思っていたけれど、自分が飛び込んだスポットライトはどうやら思っていたのとは違った光だったようだ。考えてみれば当たり前のことだ。私は私で、誰かになることなんてできない。光を当てられても、それで自分が変身できるわけではない。それなら芝居とはなんだ？　俳優は誰かになったつもりでカメラの前で生きているのか？　だとしたらあまりに滑稽ではないだろうか。どうせ同じ滑稽さの中にいるなら私は舞台の上がいい。嘘を演じていたとしても、板の上で起きていることは現実と密接していると信じている。俳優の呼吸、観客の笑い声、こちらが発したぶん、相手から返ってくる熱。あの感覚が今は酷く恋しい。自分に向けられた台詞が空気を震わせるその瞬間を捕まえたい。

「アゲハくん。長く休みが取れる時ってあるのかな」

現場に向かう車の中。いつものように後部座席から彼に話しかける。私の座る席の前にはタンブラーが置かれていて、そこには温かい紅茶が入っている。毎朝アゲハくんが車に用意をしてくれるようになって随分経つ。飲み口を開くと湯気と共にアールグレイのいい香りが鼻に抜けてゆく。飲みやすいちょうどいい温度だ。朝、タンブラーに入れる前に時間をかけて熱を冷ましてくれているのだろう。彼の細かい気遣いにはいつも感謝している。

「どのくらいですか？」

「二週間くらいかな」

少し考えた後、

「後で確認してみますが、この秋クールのドラマが終わったら、次は映画の撮影に入るのは話してますよね」

「ええ」

「その後は冬のドラマの撮影が入っているんですが、来年のいくつかの作品はまだ確定ではないものなので、社長を含めスケジュールの調整ができないか相談はしてみますね」

「ありがとう」

「珍しいですね。休みが欲しいだなんて」

彼がついてから私が休みが欲しいと口にしたのは初めてだと思う。忙しい毎日こそが満たされたものだと思っていた。仕事が続けば幸せで、人に認められれば自尊心が満たされ、少しでもあの子のためになるのではと勝手に思い込んでいた。本当は自分自身が光を浴びたかったのだ。生々しい野心をもっともらしく飾りつけて、お守りのように首からぶら下げていただけ。

「どこか行きたいところがあるんですか？」

「ただゆっくりしたいと思って」

朝、眩しい光の中を鈴を転がすような声で駆けていった子供たちが、夕方、薄暮の中をリンリンと帰っていく。その声を部屋の中で心待ちにするだけの一日。三食きっちり自炊をして、温かな風呂にゆっくり浸《つ》かり、時間を気にせず目が覚めるまで眠る一日。当てもなくカバン一つと読みかけの小説を手にして出かける一日。そういった日が必要なのだ。自分から出ていくものだけが多すぎて、インプットが間に合っていない。やるべき意味を失ってしまった私はもう空っぽも同然だ。このままではきっと歩みは止まってしまう。

売れたかったはずなのに続ける意味を見失ってしまった。探さないと、と思えば思う程、どうやって見つけたらいいのかもわからない。私はこれから何者になればいいのか、何の為にやっていけばいいのか。この歳でこの類の壁にぶち当たるとは思ってもいなかった。

野上さんが稽古をするスタジオは決まっている。そのすぐ近くにある中華料理屋に稽古終わりで食事をしてるから来ないかと誘われた。幸い今日は日没までの撮影だったので、アゲハくんにお願いして店の目の前で降ろして貰うことにした。

久しぶりに足を踏みいれた店内は相変わらず床が油でベトついている。むしろ靴底に感じる油膜感が増した気さえするが、これこそ町中華だと言わんばかりの勢いで、厨房では店主が鉄鍋をふるい次から次へとチャーハンができていく。卵をまとった米の一粒一粒が宙を舞うのと共に、油が厨房の床へ飛び、その油まみれの床を踏んで客に料理を運ぶのだ。人の働きの分だけ床に油が蓄積されていく。

野上さんたちは店の一番奥に陣取り既に食事を始めていた。私の姿を見つけると、野上さんは席を立ち私を手招いた。テーブルについている人たちがこちらを振り返る視線に軽く会釈をし、空いていた右端の席に腰を下ろした。

野上さん、梅元さん、さとちゃん、他の劇団メンバーが久しぶりと言いながら迎えてくれる。とりあえずビールねと促され、すぐに届いたジョッキを持ち他の飲みかけのグラスと乾杯をした。ビールは喉を流れていく炭酸を味わうものだ。口に残った独特の苦味と共に胃が刺激されて空腹がやってきた。

「久しぶりだな」

「マル子さんが来てくれるなんて嬉しいわー。今日はおにぎり持ってないですか？」

両手を差し出し、ここにおにぎりをのせてくれと言わんばかりに笑ってみせるさとちゃんは、相変わらずトレードマークのお団子髪をしている。

「食べたかったなら先に言ってくれないと」

「ですよねぇ。あー食べたかったな」

「さとは目の前のチャーハン食べときな」

梅元さんが目を細めながらビールを呷《あお》り、空いたジョッキを掲げておかわりを頼む。

野上さんは私の方をチラリと見てから湯気のたつ餃子を口にする。美味しそうに唸る姿を見て、彼が無類の餃子好きだったことを思い出す。

「野上さん、相変わらず美味しそうに食べますね。餃子」

「ここのは肉が多くて美味《うま》いんだよ。野菜でかさ増ししてないところがいい」

「私も一つもらっていいですか？」

食え食えと、お皿を私の方に持ってくる。割り箸で摘《つま》んだ餃子は羽根付きでパリッとしていて思わず唾が出る。ラー油の浮いたタレにさっと表面を潜らせ、熱々を頬張った。プチンとした皮の向こうから、喉に肉汁が溢れていく。さっきまでのビールの苦味が一気に塗り替えられ思わずため息を漏らすと、野上さんは満足げに笑っていた。

「お前こそ本当に美味そうに食べるよな」

「この餃子が美味しいからですよ」

「まだ頼むから、好きなだけ食べな」

ありがとうございます、ともう一口ビールを飲む。この組み合わせが体に染みる幸せは大人の特権だ。油ぎった店内も、この味の餃子が食べられるなら気にならない。どうして今までこれを頼まなかったのか不思議なくらいだ。私は何故かここに来ると天津飯を頼んで、好きじゃなかったことを戒めのように思い出す。同じ失敗を何度も繰り返しながらも、やっぱり好きじゃないなと感じられる変わらない自分に安心していた。

劇団員以外の視線がさっきから私に注がれている。彼らは今回の作品のアンサンブルメンバーだろうか。軽く会釈をしてみると向こうも恐縮ですという表情を顔に浮かべながら頭を下げた。

「お前たち、そんなに緊張しなくて大丈夫だぞ」

「でも、マル子さんっていったらもう超有名人じゃないですか。見る作品、見る作品出てるので、俺感激しちゃって」

髪を金色に染めたやんちゃそうな見た目の男の子が一人、饒舌《じょうぜつ》に語り始める。金髪の彼は長《は》谷川《せがわ》と名乗り、エンジンをかけるようにハイボールのグラスを飲み干した。長谷川くんはまだ二十三歳。今回の新公演の客演を野上さんに直談判《じかだんぱん》して勝ち取ったらしい。初めて観た劇団潮祭の芝居にいたく感動した彼は、本番後に野上さんの出待ちをして約束を取り付けたという。

「こいつが毎日毎日劇場の外にいるんだよ。それで俺が断っても懲りずに頭を下げ続けるわけ」

「そうしたいと思えるくらい野上さんの作る芝居に感動したんです」

「雨の日も傘もささずに突っ立ってて、俺は帰りません！　なんて大声で言うもんだから、思わずドラマかよって笑っちゃって」

「マル子、これ嘘じゃないから」

「長谷川くんが毎日いるから、キャストの中でもだんだん噂《うわさ》になってね。私あまりにも可哀想で、差し入れでもらったひよこ饅頭《まんじゅう》あげちゃったもん」

「さとさんがくれたひよこの饅頭、めっちゃ美味かったです！　俺感動して、包み紙家にとってあります！」

「ありがとー。まあ、こんな感じで熱しやすい、感動屋くんなんですよ」

「毎日毎日やってくるから、一枚紙を渡して、一回だけ芝居見るからここに書いてある台詞を覚えてこいって帰したわけ。そうしたら、長谷川が想像以上に芝居が上手くてな」

「野上さんがめっちゃ褒めてくれたんですよ。それで今回の公演に出させてもらえることになったんです」

「長谷川くんは、お芝居の経験があったの？」

彼は身を乗り出し声のボリュームをさっきよりもあげて答えた。

「大学のサークルで演劇やってたんですけど、周りとのモチベーションが合わなくて俺だけ浮いちゃって。そんな時に野上さんの芝居に出会って、俺がやりたかった芝居ってこれだー！　ってなったんです。人を驚かせる演出だったり、日常で起きてることをまるっと忘れて夢中にさせてくれるような芝居。それに出会えたら、もう俺が息をする場所はここしかないって確信したんです」

「長谷川くんは舞台が好きなんだね」

「めっちゃ好きです。ライブ感って言うんですか？　毎日その日の感覚を楽しんで、芝居が進化してくのが楽しすぎて、早く本番が始まって欲しいっすね。あ、でも本番が始まったら終わっちゃうのか。うわーそれは嫌だな」

自分の言葉に頭を抱える彼の姿をそこにいる全員が微笑ましく見ていた。やっぱりここは居心地がよすぎる。劇団が一つの家族のようで、時々立ち寄っても理想の家族といるような気軽さがある。

映像の現場は日々人が入れ替わる。スタッフも、監督も、演者も。同じ作品の中で顔を合わせることのない人もいれば、撮影時間を共にしても特に話すこともなく、かわす言葉は台詞だけの人もいる。みんなが無意識に深く踏み込まないようにしているのだ。一瞬の人間関係に神経を注ぐより、芝居に注力したい。舞台稽古のように何度も繰り返し吟味することもできない。芝居も人間関係の構築も、使う筋肉が全く違う。映像は短距離走で、舞台は駅伝だろうか。みんなで長い道のりをたすきを渡しながら走っていく駅伝。ゴールすれば全員で肩を叩き合いお互いを褒め合う。あの一体となる感覚が好きだと、今改めて思う。また野上さんの元で板を踏むことができたらどんなに幸せだろうか。

「マル子もまたうちの舞台出てよ」

梅元さんはテーブルに肘をつき、こっちを見ている。さとちゃんは相変わらずお箸の持ち方が少し変だ。食べ物の上をうろうろとする迷い箸に一度気付くと、どれもこれもテレビで視聴者にマナーが悪いと指摘される動作だと頭が自然に反応してしまう。気を許した人の前であればすることもあるだろう動作なのに、会ったこともない人に何か言われないかを気にしている。

金髪の彼、なんて名前だっけ。もう思い出せない。金髪の彼と頭が覚えてしまった。だめだ。現場でスタッフを覚える時の癖。容姿に特徴を見つけ、自分の中で関連づける。すんなり覚えるためには、その見た目の情報と名前を何度も反芻しないといけないのに、話に気をとられてすっかり名前が抜け落ちた。その金髪の彼が大きな声で歓声をあげている。

「やば！　マル子さんの芝居生で見たいです！　野上さんがいっつも言ってるんですよ、マル子はすごい、マル子を見習えって」

「こら、長谷川」

あ、そうだ長谷川くん。

「マル子さんも売れちゃったから、なかなか下界までは降りてきてくれないんだよー」

さとちゃんが砕けた口調でヘラヘラと笑っている。

「下界って何？」

「ほら、テレビに出てる人が時々舞台に出てくれること。テレビが天上界だとしたら、舞台は下界。っていうかもはやアングラかも」

「こらこら。さとも長谷川につられて調子に乗らないの」

梅元さんはいつも誰かが傷付かないように間を取り持ってくれる。私は地下の人間だったはずだ。それも、ずっとずっと地底深くのモグラのような人間。何かの間違いで地面を飛び出し、外の世界に出てしまったのだろう。違った環境で今までどうやって息をしていたのだろう。自分のことなのにわからなくなっている。今はただ、暖かくて暗い土の中に籠《こも》りたい。その中でうずくまり、一人でじっとしていたいのだ。時々私のいるところまで用事のある人が穴を掘ってやってきて、扉をノックしてくれればいい。そうしたら私はのっそり土のベッドから起き上がり、上に向かって穴を掘って外に出る。あ、土の中にいるなら、かめちゃんは大丈夫だろうか。ハリネズミじゃなくてモグラになってもらわないとだめだな、と思考が低空飛行で分散していく。これはきっと久しぶりに飲んだアルコールのせいに違いない。頭がぐるぐるして今の自分がまともだとは到底思えない。心臓がドキドキするし、体は脈打つし、なんだか顔も冷たくなってきたかもしれない。目の前が霞んでいく。

「マル子、水飲め」

背中に人の温かみを感じる。唇に当てられたプラスチックから流れてくる液体を舐《な》めるようにして飲む。少し目の前が見えるようになった。おしぼり一つと声がする。そうしているうちに冷たい感覚が首筋に広がった。

ああ、さっきよりも体の脈が落ち着いてきた。あとはうるさい心臓をどうにかしないと。

「飲みすぎたか？」

「大丈夫です」

あ、また言ってしまった。

「みんなと飲んでたら楽しくなっちゃって。いいですねこういう日も。昔に戻ったみたいで嬉しいです」

「昔みたいって、お前そんなに飲まなかっただろう」

この声はきっと野上さんだ。野上さんが介抱してくれているのだろうか。

「そんなに飲んでました？」

「いつもよりはな」

「だから楽しくなっちゃったんですよ。あ、天津飯頼んでいいですか」

視界は随分ハッキリしてきて、やっぱり私を介抱してくれていたのは野上さんだった。コップの水を飲み干すと、冷たさに表情筋がぎゅっと真ん中に集まった。

天津飯ひとつ！　と声に出すと、厨房から勢いのある返事が返ってくる。長谷川くんは忙しなく動かしていた口を閉じた。

「舞台ね。私もやりたいんですよ。やっぱり舞台が好きなんですよ。だってそこでずっと息してたんですもん。下界だ地下だって言ったって、そこの良さは見たことのある人にしかわからないじゃない。地下の土がどれだけ柔らかくて、水分を含んで暖かくて、穴を掘ればどこにだって行けること、誰も知らないじゃない。私たちは役を貰って幼虫とか蛹《さなぎ》になって、必死に稽古して、人前で羽化する時が本番なの。セミですよ、セミ。限りある命の中で千秋楽まで鳴き続ける。それを繰り返す楽しさはやった人にしかわかんないじゃない。生きてくためにお金は必要だけど、お金のためにやってないの。自分がやりたいからやってたの。でも……」

口から勝手に言葉が溢れてくるのが妙に芝居的で、感情は昂《たかぶ》っているのに頭のどこかに冷静な自分が確かにいる。自分の言葉が急に嘘くさく思えてしょうがない。

「今はなんで芝居してるのかわからなくなっちゃった。こんないい歳で、もう五十五歳なのに。

今になって自分を見失ってる」

これもなんて芝居的なんだろうか。芝居のしすぎで口から出る言葉まで芝居がかってきてしまったのかもしれない。

「マル子さん働きすぎなんじゃないですか」

「一息つくことも大事。自分たちも何かのためにしてるわけじゃなく、自分だったり、周りが楽しい気持ちになれたらいいなって思ってやってるんだから」

梅元さんの言葉はいつだって優しくて、語りかけられると温かい湯に浸かっているみたいに芯から心が温まってくる。

「楽しいだなんてもう随分思ってない」

「だからそれが働きすぎの証拠」

「働くのも大事だけど、休むことも大事だぞ」

「マル子さん明日は？」

「明日も撮影」

朝早いんですか？　というさとちゃんの投げかけに首を横に振る。明日は昼過ぎからの映画の撮影だ。佳境に入った現場で、ありがたいことに明日はほとんど台詞がない。そこでどんな芝居ができるかはしっかりと考えるけれど、台詞がないだけで随分気持ちが楽だったりする。だから今日も飲み会に顔を出したのだ。それに、旧友たちの顔を見れば疲れが取れるかもしれないと淡い期待を感じていた。

最近は何をするにもすぐに疲れる。朝起きることはできても、日中突然眠気に襲われたり、夜も気がついたら寝ていることが増えてしまった。生活は何も変わってない。現場と家を往復し、空いた時間で台本を覚える。その繰り返しをずっと続けてきたのに、体がついに追い付いて来なくなってきた。

「ほらマル子の天津飯来たよ」

「じゃあ、今日は天津飯を食べたらもうお開きにして、マル子さんは明日に備えてゆっくり休みましょう」

優しく私の背中をさすってくれるさとちゃんの手は大きくて、私はこの子の大きな手がひらひらと空を舞いながら話す姿が好きなんだと思い出す。普通に話していても、芝居をする時も、彼女の手も一緒になって喋っている。その手に今は励まされている。

タクシーに乗って家に向かっていると、スマホがピカピカと光り通知を知らせてきた。真っ暗な車内でぼんやりと浮かぶ画面には野上さんのメッセージが表示されていた。

「今日はお疲れ。疲れてるのに来てくれてありがとう。久しぶりにマル子の顔を見られてよかったよ。忙しいと思うがいつでもお前が帰ってこられる場所だからな。一度うちの劇団に参加したやつは劇団員じゃなくても家族。今回の公演もタイミングが合えば観に来てくれたら嬉しい。みんなお前に刺激されて頑張ってるぞ」

スマホの画面を消すと夜の東京の街灯が車内を照らしては消えていく。顔が光に照らされたと思えば消え、また照らされては消える。赤い光、黄色い光、白い光。この街には眩しい光がありすぎる。暗闇の中から光に手を伸ばしてみると、差し出した手は真っ黒で闇に溶けた。

映画の撮影が無事にクランクアップしたかと思えば、今度は連続ドラマの撮影にバトンタッチするように入った。ホテルの中で起こった殺人事件をきっかけに人間関係のもつれが浮き彫りになる作品、『ホテル３０１』。

撮影はほとんど毎日オールキャストで行うため、朝の入り時間がとんでもなく早い。二十三人のキャストのメイクを朝九時からの撮影開始に間に合わせようとすると、必然的に皺寄せがくる人が何人かいる。ありがたいことに私はいつも真ん中くらいの順番で支度が始まるようで、七時三十分に現場に入れば間に合う想定になっていた。

クランクインの日、若手からベテランまでが勢揃いした現場に少なからず緊張をしていた私とアゲハくん。現場につくようになって随分経つ彼もまだ緊張をすることがあるのかと聞くと、マル子さんも緊張してるじゃないですかと返された。

確かに今回の私は浮き立っている。幅広い年代の俳優が一堂に会し、ほとんど毎日共に時間を過ごすのはどこか舞台に似ている。今回の監督である浜田《はまだ》さんはドラマでは珍しい長回しでの撮影を多用する人だとも聞いているからこそ、舞台に近いライブ感のある芝居ができるのではないかと期待しているのだ。細切れの芝居ではなく、ちゃんと流れのある生きた芝居をしたい。

スタジオに少し早くついた私は、メイクルームの前に座ってメイクさんに呼ばれるのを待っていた。すると、最近テレビでよく見かける人気の若手俳優、長瀬《なが せ》聡《さとし》くんがメイクルームから出てきた。自己紹介を兼ねて挨拶をしようと腰を上げると彼は私を一瞥《いちべつ》し、すぐに顔を背けて去っていった。

廊下で待っていたマネージャーらしき若い女の子が長瀬くんの傍に駆け寄っていくと、

「あのおばさんなに？　掃除の人？　なんでメイクルームの前に座ってんの。怖いんだけど」

そう彼女に話している声が廊下に響いた。マネージャーはこちらをチラリと振り返ると、

「後でスタッフに伝えときますね」

と言って二人は去っていった。

私は今一度自分の格好を確認する。動きやすいようにはいた白のスウェットパンツ。上は劇団潮祭の白い公演Tシャツ。背中にショッキングピンクの文字で「劇団潮祭」と書かれていて、上にはナイロン生地の水色の上着を羽織っていた。この格好が清掃員に見えたのだろうか。

「マル子さんお待たせしました。次支度どうぞ」

メイクルームから出てきた現場を取り仕切る女の子が溌剌とした声で呼び込んでくれる。

「この間まで、佐々木監督のドラマの現場に入っていらっしゃいましたか？」

「ええ」

「助監督の西さん、私の先輩だったんです。今度マル子さんとご一緒するって飲みの席で話したら、すっごく優しい人だよって言っていて。お会いできて嬉しいです」

彼女は、未熟なところがあると思いますがよろしくお願いしますと、数秒前まで清掃員に間違えられていたおばさんに対し恭《うやうや》しく何度も頭を下げてくれた。

衣装として用意されたクラシカルなグレーのワンピースに着替えメイクをしてもらえば、それなりに綺麗なおばさんに変身する。人は見た目じゃないというが、身なりに気を遣うことの重要さを感じずにはいられない。

自分のために用意された楽屋に戻ると、アゲハくんがテーブルでパソコンを開いて仕事をしていた。

「支度終わりました」

「お疲れ様です」

「ねえ、アゲハくん。私もまだまだだよ」

自然と口角が上がり、それに合わせて声も心なしか高くなる。

「どうしたんですか急に」

「さっきね、あのおばさんなにって言われたの」

「え？　誰にですか」

共演者の長瀬くんだと告げると、アゲハくんは目を見開いて左手でパソコンを力を込めて閉じた。

「長瀬聡さんですか？」

「そう。挨拶しようとしたら、掃除のおばさんだと思われたみたい」

「それ失礼じゃないですか。マル子さんの方がずっと先輩なのに」

「私もまだまだだってことだよ」

「なんでそんなに嬉しそうなんですか。俺、信じられないくらい腹が立つんですけど」

自分でも何故こんなにも嬉しいのかわからない。いや、嬉しいのではない。清々《すがすが》しいのではないだろうか。自分を知らない人がまだいて、思い上がるなと戒めを受けているようで、自分のちっぽけさを突きつけられた。その事実が今はなぜか喜びに似た感情を与えてくれている。

特別扱いをされるのにもう疲れたのだ。私自身の中に代役としてチャンスを手にした事実が根深く残っていて、いまだに自分への評価は正当なものではないと感じている。ももちゃんが舞台を降板しなければ、今ここにいることもなかっただろう。もしもの世界では、テレビの世界の人たちが、地下でこそこそと芝居をしている私に目を向けることなどなかった。

本来そうあるべきであった自分への評価をされたことに満足しているのかもしれない。きっと、私が欲しいものは名声ではない。正当な評価だ。それはどうやったら手に入れられるのだろう。賞を取ったり、芝居が凄いと褒められることではない。演劇賞を取ったことのある憑依型女優といった肩書きで変わる評価などいらないのだ。野上さんのように、私の芝居を見て、何を大切にしているか見抜いてくれる人にまた出会えたらどれだけ幸せか。劇団潮祭に合流して、端っこで台詞を二、三言喋り、空いた間は自分で考えて埋める。カメラに映るために必要な編集都合の芝居ではなく、板の上の余白を楽しむ自己満足的な芝居を面白がってくれる人が今の私には必要なのだ。

クランクインの前、出演者全員がスタジオに集まり、スタッフから紹介される。役の名前と共に私が一歩前に出て挨拶をすると、長瀬聡くんの笑顔がわずかに歪《ゆが》んだ。

撮影期間中、アゲハくんは長瀬くんのことを目の敵《かたき》にしていたが、話せば良い子だ。初めて会う共演者のことを覚えていない人だって中にはいるだろう。彼はそのタイプの一人だっただけだ。事実、以前の私もテレビに出ている旬の人を知らず、アゲハくんにそれとなく注意されたことがある。長瀬くんも忙しくて自分のことで手一杯な時期なのだろう。少なくとも私は、なんでもない一人のおばさんとして一度は彼に認識されたことに喜びのようなものを感じていた。

アゲハくんは相変わらず「マル子さんのことを知らない俳優はいなくなるように一緒に頑張りましょう」と何度も言ってくれる。でも、なんでもないおばさんに戻りたい。時々芝居という名の仕事をして、平凡な日常を過ごし、誰に干渉されるわけでもなく自分の匂いと生活が染み込んだ家で寝る。

ここ数年でわかったことは、売れることは自分を犠牲にすることだということ。休みなく働き、肉体も精神もすり減っていく。車のようにガソリンスタンドに立ち寄り給油することは叶わず、いつも給油ランプの燃料切れを知らせるシグナルがついたまま走り続けている。少ない燃料で大きなエネルギーを生み出せるようにひとりでに体は順応して、そうなりたいと願ってもいないのに燃費だけがよくなっていく。

台本を読み、作品や役のことを考え、現場に行く。悲しくもないのに台詞を口にしていると涙が出てくるようになった。私の感情は何も動いていないのに、役が悲しいのかもしれないと思えば感情に関係なく勝手に涙が出る。技術でもなんでもない条件反射。それを「今の最高でした」と評価されると虚無感が襲ってくる。仕事を続けていったい何が自分を満たしてくれるのかわからなくなった。どこに辿り着けば私は満足できるのだろうか。今はただ、自分を知らない人がいた事実と、板の上で息をしていた頃を思い出しながら、どうにか続けている。

　母は相変わらず今の私を周りに自慢して歩いているようだった。もっと有意義なことをしなさいという言いつけを守らず、私は誰かの役に立ってみせると芝居を続けた結果がこれだ。あの頃の私は自分を認めるために、人に認められたいと必死だった。やっと役に立てたと思ったけれど、それは私の思い上がりで、結局私は今もまだ何者でもない。きっとこの先もずっと。

「アゲハくん。私の名前覚えてる？」

　バックミラー越しに彼が私の表情を窺う視線を感じる。

「坂田まち子さんです。どうしたんすか、急に」

「誰も私のこと名前で呼んでくれないのよ」

　物問いたげな視線が返事の代わりに返ってきて、赤信号で止まった時に彼が後部座席を振り返った。いつもは、ミラー越しにしか目が合わないのに。

「長瀬さんのことですか？」

「ううん。そうじゃなくて、どこに行っても誰も私の名前を呼んでくれないから、社長が言ってたみたいに本当にマル子に名前を変えようかなと、ふと思って」

「名前を変えても、変わらないですよね？」

　難しい謎かけをされたと言わんばかりに眉間に皺を寄せ、頭をひねっている彼に前方の信号が青に変わったことを告げると車はゆっくりと発進する。流れていく街並みを眺めながらやはり名前を変えるのは名案だと思った。

「私ね、マル子ってあだ名が本当は好きじゃないの。でもみんなマル子さんって親しみを込めて呼んでくれるでしょ？　だったらもう本当にマル子になっちゃえばいいんだと思って。そうすれば、坂田まち子と呼ばれないことにもやもやすることもないでしょ」

自分が手にした名声を返す相手はいなくなってしまった。その考えは私自身の思い上がりだった。これまでの自分に区切りをつけるためにも、表の世界ではマル子として生きて、光の当たらないところでは坂田まち子として生活をするんだ。

「すみません。俺、何も考えず呼んでしまってました」

「いいのいいの。だってあだ名ってそういうものでしょ」

「今から俺はまち子さんって呼びますよ。周りにも、マル子さんって呼ばないようにお願いできますし」

「でもそれってとても偉そうに見えるじゃない？　だから本当の意味で私がマル子になればいいと思うの。自分と争うことをやめたら楽になれる」

「最近グッと寒さが増してきましたよね。コンビニにおでんとか肉まんが並び始めると、あー冬がやってくるなって嬉しくなりませんか？　今日もスタジオに来る前に肉まん見つけちゃって思わず買っちゃいました。みなさんは、レジ前のホットスナックは何派ですか？　今夜もメッセージお待ちしています。それでは今夜もいきましょう。『ときめ☆みきナイト』」

ラジオブースの中にはオープニングのジングルがかかっている。向かいに座るみきちゃんはそのわずかな時間にふっと一息つき、誰も見ていないのに笑顔を作りまた話し始めた。

「さあ、今夜の『ときめ☆みきナイト』はゲストをお呼びしています。珍しいでしょ？　どうしてもみきが会いたくて、呼んじゃいました。女優のマル子さんです」

こちらに送られたみきちゃんの視線と、斜め向かいに座る放送作家さんのハンドサインに促されるように口を開く。

「こんばんは。マル子です。お芝居をしたりしているものです。今日はお邪魔させていただきます」

口から出た声が自分でも思ったより低く感じるのは、みきちゃんの声がいつにも増して高いからだろうか。

「それはみんな知ってますよ！　マル子さんとはドラマで共演して、その時にすっごくよくしてもらったんですけど、みんなも『ブギウギ☆ダンス』見てくれてたかな？　で、その後もご飯に連れていってもらったり、お芝居のことを教えてもらったり、なんと私たちスピンズのライブを見に来てくれたりもしてたんです！　今日は、マル子さんの好きな曲もかけちゃうのでお楽しみに。で、マル子さんすっごく久しぶりですよね」

「そうね。三年ぶりくらい？」

えーそんなに！　と目を大きくして驚く彼女はファンが見ていないところでもしっかりアイドルで偉いなと思う。

「みきちゃんはあの頃よりずっと綺麗なお姉さんになって、今日会ってびっくりしました」

「嬉しい！　マル子さんに会えるからってちゃんと綺麗な格好してきたんです」

彼女が同意を求めるように放送作家さんの方を見ると、彼は頷いたあとサラサラと紙に言葉を書いてみきちゃんに見せる。

「なになに、いつもはレッスン着で来るので驚きました、だって。あはは！　ね、私ももっと普段からちゃんとした格好しないとダメですよね」

ひとしきり笑ったあと、彼女は台本をチラリと確認して言葉を続ける。

「みきが喋ってばっかりだとダメだね。まずは一曲聞いて、落ち着いてからマル子さんにたっぷりお話を聞こうと思います」


ラジオの生放送が終わり一息つくと、アイドルスマイルを脱いだ自然な表情のみきちゃんが目の前に現れた。疲れたーと言いながら肩を回し、こちらを見てニコニコとしている。

「来てくれてありがとうございます」

「こちらこそ、呼んでくれてありがとう。ちゃんと喋れてたかしら」

「大丈夫です！　まち子さんとドラマの時の思い出を振り返れて楽しかったです。あ、違う。今はマル子さんって呼んだ方がいいですか？」

「みきちゃんの呼びたい方でいいよ」

彼女は私の両手を掴み、まち子さんと呼んでくれた。

「まち子さんが芸名を変えたとき凄くびっくりしたんです。心境の変化があったのかなって」

「私でいることを大事にするためにあえて変えようと思えたの」

「まち子さんは大人だなあ」

「大人じゃないからこうしたんだよ」

そう言って二人で顔を見合わせて笑った。芸名を得たことで、私自身が前を向くことができた気がする。

参加した映画のエンドロールに「マル子」の名前が流れてきた時、その三文字が不思議と輝いて見えた。ああ、私はようやく変われたのかもしれない。自分が何者であるかを理解し、自身がなんでもない人だということを知ることが必要だったのだ。

「あ、そうだ！」

みきちゃんはブースの中にまだ残っていた放送作家の男性の腕を引いてこちらへ戻ってきた。彼はわずかに抵抗する姿勢を見せながらも、彼女の勢いに逆らうことができない様子だ。

「放送作家の道永《みちなが》くんです」

「どうも」

長い前髪の奥から黒縁のメガネが覗いている。目が悪いのにそんな前髪じゃ見えるものも見えないのではと、スタジオに入って最初に挨拶をした時から思っていたが、彼は左手で前髪を撫で付けてさらに目の奥が見えないようにしている。

「今日はありがとうございました」

お礼を述べても彼はみきちゃんの方をチラチラと見るばかりだ。みきちゃんの方も道永くんの腕をつつき何か言いなさいと促しているように思える。ようやく覚悟ができたのか、道永くんの唯一はっきりと見える口が動いた。

「僕、実は、劇団潮祭の舞台を観に行ってたんです」

「そうだったの。それはありがとう。あの頃だと道永くんはまだ学生だったんじゃない？」

彼が一つ頷くと長い前髪が揺れ、切れ長な目がチラリと覗いた。その目の奥は隠すのがもったいないくらい光を帯びて私を見ている。

「道永くん、ももちゃん推しだったんですよ」

悪戯《いたずら》っぽくからかうみきちゃんの言葉に、彼は慌てて口の前で人差し指を立てる。

「それは言わないでって言ったじゃないですか」

「別に大丈夫だよ」

「じゃあ、ももちゃんが見られなくて残念だったんじゃない？」

「えっと。最初はそう思ってたんです。あの舞台が初めて中野ももさんに会えるチャンスだったので。でも、マル子さんがステージで話しはじめて驚いたんです。中野ももさんって喋る時に語尾が少しだけ上がる癖があるんです。あと、サ行が少しはっきりしない癖も。マル子さんはそれを芝居に取り入れながら演技をしていて、ああ、ここには中野ももさんはいないけど、この方は必死に彼女がやろうとしていた役を僕らに届けようとしてるんだって心を掴まれました。他にも、立っている時の体重の乗せ方や、走る時の腕の振り方とか、細かいところなんですけど、やっぱり中野ももさんの癖がしっかり出ていて、今でも思い出すくらい印象的な観劇体験でした。中野ももさんが演じる千夏はきっとこれだったんだって思わせてもらえました」

ああ、ちゃんと見てくれている人がいた。

私は代役としてももちゃんが演じる千夏を演じていた。だから頂いた演劇賞は私のものではない。本当は彼女が貰うべきものだったといまだに思っている。だって、私は彼女の真似をしただけだから。評価されるべきは私ではなく、本当は中野ももだったのだ。

「ありがとう」

道永くんの右手を摑みぎゅっと握手をした。

「道永くんって、いまだにももちゃん一筋だから。こんなに近くにみきがいるのに、応援してくれないいんですよ」

「いや、それは語弊があります。応援はしてますよ」

「応援は、ね。一番じゃないんだもんねー」

わざとらしく口を尖《とが》らせてみせるみきちゃんの姿を見ながら、ももちゃんはこういう親しみやすい可愛らしさを表現するのが苦手な子だったなと思い出した。いつもひとりでできますと背筋を伸ばし、真っ直ぐ前だけを見つめて立っているような子だった。もっと人に甘えればいいのにとずっと思っていた。今、彼女はどうしているのだろうか。みきちゃんに聞けば教えてくれるかもしれないが、芸能界を去った彼女のことを聞くのは憚られた。何をしていても、どうか彼女の傍に頼れる人がいますようにと願うことしか私にはできない。

＊
＊
＊

六年ぶりに舞台の出演が決まった。社長がマル子も歳だから、そろそろ仕事のペースを落としてもいいんじゃないかと言い始め、私に仕事を選ぶ権利を与えてくれたのがきっかけだ。そのお陰で何度も出演オファーが来ていた劇団潮祭の公演に出ることができる。

アゲハくんは相変わらず大きな体をしていて、最近は空いた時間を有効活用してランニングが趣味になったらしい。来年はフルマラソンを走るぞと意気込みながら、マル子さんも一緒に走りませんかと誘ってくる。私はもういい歳だ。走れるような体型ではなく、ステレオタイプの中年女性。痩せてしまったら私がマル子である意味がなくなってしまう。それに、痩せる前に膝が悲鳴をあげるだろう。

「でも久しぶりの舞台ですし、体力作りにもいいと思うんです。リフレッシュにもなりますよ」

「アゲハくんがマラソンに出る日は沿道に応援に行くからね」

「あ、逃げようとしてますね」

本番が始まる前に倒れちゃ困るからと、私は車を降りた。金木犀《きんもくせい》の香りがして、季節が変わったのだと知る。風はいろんなものを運んで知らせてくれる。

稽古場のあるスタジオに入り、掲示板を確認してこれから一ヶ月間通うことになる稽古の部屋を確認した。一番広いスタジオは、地下一階の一番奥にある。階段を降りていくと、さとちゃんとすれ違った。おはようと声をかけると、彼女は意味ありげに笑ってまた後でと去っていった。飲み会では会っていたけれど、それでも久しぶりに顔を合わせるにしては妙な反応だ。

稽古場の扉を開くと長机が四角くなるように組まれている。席には出演者ひとりひとりの名前がテープで貼られており、マル子という三文字はすぐに見つけることができた。端には関係者が座る椅子がずらりと並べられ、すでに何人かが腰を下ろして顔合わせと本読みが始まるのを待っていた。

舞台スタッフに見知った顔はずいぶん減ってしまったが、音響監督や衣装さんは以前も一緒に仕事をしたメンバーで、その顔ぶれを見るだけで自分が舞台の現場に戻ってきたのだと実感できる。足早に席に向かい、トートバッグの中から水筒と台本、ノートを取り出し腰を下ろした。

おはようと声をかけられた先には、すでに演出家の席に座っている野上さんがいた。年齢を重ねるごとに痩せていく彼に出会った頃の面影はなくなってしまったが、おでこと眉間に刻まれた皺が真剣に作品に向き合ってきたことを物語っている。今日はすでに台本を開いて待っていたようだ。

「おはようございます。珍しいですね、野上さんがこんなに早いなんて」

「新入りがいるから色々教えないといけなくてね」

ほら、と言って野上さんの視線が私の後ろを捉えた。その視線に誘われるように振り返ると、そこには黒のTシャツと細身のデニムを身に纏った女性がひとり立っていた。空気が揺れて鼓膜がなめらかに震える。

「今回から劇団潮祭の演出助手として参加します、中野ももです。よろしくお願いします」

笑みを浮かべる彼女の頰はふっくらとし、柔らかい肌にエクボのくぼみが生まれた。差し出された右手にゆっくりと自分の右手を重ねる。

「マル子です。こちらこそよろしくお願いします」

初出「小説すばる」
2024年1月号・3月号・5月号・7月号・9月号・11月号
2025年1月号

単行本化に当たり、大幅に加筆・修正を行いました。

本作品はフィクションであり、人物・事象・団体等を事実として描写・表現したものではありません。

松井玲奈（まつい・れな）
1991年7月27日生まれ。愛知県豊橋市出身。俳優・作家。
2019年『カモフラージュ』で作家デビュー。
その他の小説に『累々』、エッセイに『ひみつのたべもの』
『私だけの水槽』がある。本作『カット・イン／カット・アウト』が、
3作目の小説となる。

カット・イン／カット・アウト

2025年3月30日　第1刷発行

著者　松井玲奈《まついれな》
発行者　樋口尚也
発行所　株式会社集英社
〒101-8050　東京都千代田区一ツ橋2-5-10
電話　03-3230-6100（編集部）
03-3230-6080（読者係）
03-3230-6393（販売部）書店専用
印刷所　TOPPAN株式会社
製本所　加藤製本株式会社

ISBN978-4-08-771891-1　C0093